中国国际文化交流基金会
妫川文学发展基金资助

童 谣 年 代

许青山　　著

长江出版传媒

长江文艺出版社

图书在版编目（CIP）数据

童谣年代 / 许青山著. -- 武汉 ：长江文艺出版社，
2023.12
ISBN 978-7-5702-3249-9

Ⅰ. ①童… Ⅱ. ①许… Ⅲ. ①散文集－中国－当代
Ⅳ. ①I267

中国国家版本馆 CIP 数据核字（2023）第 138956 号

童谣年代
TONG YAO NIAN DAI

———————————————————————————————

责任编辑：王洪智　　　　　　　　　责任校对：毛季慧
封面设计：成就图书　　　　　　　　责任印制：邱　莉　胡丽平

———————————————————————————————

出版：长江出版传媒　　长江文艺出版社
地址：武汉市雄楚大街 268 号　　　　邮编：430070
发行：长江文艺出版社
http://www.cjlap.com
印刷：武汉中科兴业印务有限公司

———————————————————————————————

开本：880 毫米×1230 毫米　　1/32　　　印张：8.25
版次：2023 年 12 月第 1 版　　　　2023 年 12 月第 1 次印刷
字数：165 千字

———————————————————————————————

定价：58.00 元

———————————————————————————————

序·心中的石榴又红了

林遥

　　我们八〇后这代人在校读书时，网络还没大面积普及，吸引我们的是游戏厅和台球桌，以及书摊上各种各样的盗版小说。我们外出求学，有了学校的图书馆，才得以接触更为广阔的文学世界，也从那时起，我们开始对生活充满热情，对未来充满憧憬，喜欢写些文字，或诗或文或小说，彼此或聚或散，然后评论、辩论，谈理想、谈追求。后来，我们拥有了一个看起来挺时髦的称呼："文学青年"。

　　不过那个年代，做"文学青年"似乎也是件挺普通的事儿，写上几句诗，或者写点散文什么的，谈不上深度，却足够伤春悲秋，谁也不觉得太难，如果有了点自我感觉良好的文字，就会到处投。从学校的黑板报出发，到校园刊物，以至各种报刊，不过绝大部分都留在日记或者书信里。年轻人真正发表作品的并不多，如果真的有人将文字堂而皇之地登出来，那么这种白纸黑字带来的兴奋，足以让周围人为你喝彩。等到后来博客和 QQ 空间的出现，更成为我们那代人共同的记忆。

我们这些小镇文学青年中，许青山最早将自己名字印在了报章上。

许青山的名字男性化，本人却是女孩子，聪明端庄，眉目清秀，无论何时都很有精神的样子，笑起来清清爽爽。我们同岁同届，人生轨迹也相似，不过许青山读书时是"学霸"，我是"学渣"，虽然在文章中，她常常为自己没读高中，转而选择中专而懊恼，但经历过那个时代的人都懂，好中专的录取分数远高于重点高中的录取线。学霸、漂亮、文学青年……这三个标签汇集到二十岁的许青山身上，足以让她在世纪之交的文学浪潮里，开拓出一方属于她的天地，但是许青山没有循着这条道路前行，转而成了一名税务干部。

我曾经很惋惜，说，如果她当时一心扑在写作上，或许早已在文坛上头角峥嵘了。许青山依旧清爽地笑，说："我写得太少了。""写得少不是写得不好。"我反驳。我是戏言，只因我看到许青山眼中的光芒一直明亮纯净，清醒又坚定，文字是她观察世界的孔径，更是她呵护内心的人生底色。

二十世纪九十年代末的北京北部小城延庆，天空蔚蓝，道路狭窄，城里还残留着明代留下的一段城墙。行政区划归属于北京市，现代化在这座小城方兴未艾，在新旧交替的时代背景下，年轻人已经眺望到了外面世界的精彩，青春梦虽斑斓，却依然要面对无法把握的现实，许青山的选择，简单纯粹又自然而然。

二○○二年，《延庆报》的副刊"妫川广场"开辟了一个小栏目，叫作"文学新秀"，在第七期推荐的就是许青山。栏目中刊登了她的一篇文章《留待无花果满枝》，文中说："春天是花的盛会，一如成为世上最美的新娘，是少女含羞的梦想；春天是花的未来，果的未来，那是花孕育了一个季节的希望。"她在简介中写道："最大的梦想是工作之余，成为一个像席慕蓉那样的作家，热爱诗歌更热爱生活。"

许青山对待生活永远充满着憧憬和期待，即使在这个蓬勃旺盛的消费社会，文学已经褪去了神圣的外衣，一切都变得世俗庸常，万象迷离，她依然愿意以充满人间烟火气息的文字，书写自己的爱与哀愁。老作家孟广臣先生曾在《吾土文心——延庆文学六十年杂忆》中特别评价许青山的散文："她的散文，有的写景抒情，有的写人叙事……古今结合，情景交融，既有艺术性，又有思想性，既有自然美，又有历史沧桑感……"

曾经有段时间，许青山疏离了文字，因为生活的压力，往往会让自身的追求不再像年轻时那样单纯，麻木的忙碌中，也会使人失去对人生最敏锐的感受，不过兜兜转转中，许青山又重新回归，她记述日子一天天地流淌，打捞记忆的碎片，结构成为属于她的"童谣年代"。

对故乡的追寻，我远不如许青山。我童年的村庄和许青山童年的村庄相邻，那里曾是我内心最柔软的部分，很长时间我都不敢回忆，现在我发现，这份回忆居然都流淌在许青山笔下的文字里，小的时候涉水摸鱼、采摘野果、野地疯跑，与众多野物做伴……曾经的过往，今日早已绝迹，仿佛前尘旧事，让人伤怀。时代的步伐不停，每个人的故乡都在沦陷中，为文字者，我们所能做的，仅是以自己的笔守护故乡的最后时光，在自己能够回忆时，记录下这些幼时的"童谣"来，在繁盛的都市里哼唱。

郑振铎晚年住在北京景山东北麓的一所院落里。文化人有自己的爱好，郑振铎喜欢莳花弄草，院子里栽满了桃李杏梅松竹兰，但他最偏爱的是两株石榴树。郑振铎会在果实还没长大前，挑几个大的，在上面用小刀一个一个刻上家里孩子，还有左邻右舍孩子的名字，当石榴一颗颗变红变大，他会在一个星期天把孩子们都约过来，按照石榴上刻的名字把糖果一起分给大家。孩子们当然是很高兴的，就把这一天叫作"石榴节"。其中有个小孩叫作郑尔康，长大写了本书，就叫作《石榴又红了——回忆我的父亲郑振铎》。

我读着许青山的文字，想起了书里的小院，想起了那一树的红石榴。"童谣"是孩子童真时节最快乐的回忆，也永远是医治伤痛的良药，当我们长大之后，在尘俗间挣扎，面对未来，每每心痛无奈之际，忆起儿时的"童谣"，我想这份温馨将会历历如画，驱散心中的乌云。

一本书让我又见红石榴，更见许青山红宝石般的心。

目　录

悠悠我思

丢掉的二十年

推开老温家门的一刹那，我有点茫然。

老温和我不在一个区县，认识很多年，去他家是第一次。

在我的想象中，他的家或是北欧极简——纯白的家具，地板、桌面、衣柜光洁得仿佛能照出人影；或是中式古典——成套的明式家具，祥云堆叠的装饰。

实际上他的家跟普通人家一样，干净整洁规矩。错位的是我，预期与现实产生了偏差。

推开屋门，右手墙上是宜家的收纳洞洞板，挂着零散物品，左手是纯白铁艺收纳置物架，置物架的每一排都放着两个透明塑料收纳盒——有的半空，有的全满——显然每个收纳盒固定盛放某一类物品。从客厅抬眼望去，大幅的半落地玻璃窗，宽飘窗，上面放着半米高的白瓷毛主席像摆件，窗台左边是一个微型缝纫机。客厅被右侧通往卧室的过道自然分成两个区域，靠门的一边是餐厅区，白墙对着左侧的玻璃餐桌，桌上只有一套景德镇青花茶具。靠窗的一边是客厅区，右侧是深胡桃色雕花罗汉床，左侧是半墙开放式深胡桃色书柜。书柜的每层都满满当当地放着两排书，内侧的书竖放，外侧的书横放，最大程度用足空间，同时确保让人看清每本书书脊上的书名。多数书都很旧，纸张泛黄。每层书柜放置不同类型的书，京剧、乐谱、古典文学、现代文学等类型的书各有区域。书柜中间镂空处嵌入一台电视，盖着白色绣花罩布，书柜上有一套小巧的泥塑样板戏人物、两盏样式不同的铁路信号灯、一张他的照片、一张他父母的合影。

房间中西古今合璧，却毫无违和感，如同今日的北京城，舒展襟怀，包容新旧，却自有性格：穿高跟鞋西服套装的职场精英与着旗袍盘头发的温婉美女，彼此漠然地擦肩而过；销售百货杂物的邻家小商店、旧式经营的古玩店与炫彩转灯的发型设计室、客人寥寥无几盈利吓人的整形美容医院，在同一条街上各自演绎自己的四时物候。

其实老温的家也宛如他这个人，热爱京剧和传统文学，并没有影响他成为成功的连锁企业运营经理人，两种不同的灵魂在他的身体里和谐共生，根据环境，随时进行无缝切换。

他的家唯一符合我的想象之处，是近乎洁癖的干净。每本书、每样物品看似随意，实则安放妥帖，木纹地板纤尘不染，厨房的墙壁和厨具洁净发亮，玻璃上没有一丁点污渍、一丝手印，澄净透明，阳光照进，光线里竟没有灰尘跃动。

我在他的书柜前浏览，却没有发现他曾夸耀的全套"样板戏"演出总谱，想必珍若拱璧，压在了箱子底。最打眼处，却是十二册一套的《红楼梦》，边缘磨损严重，留下主人常阅的痕迹。书已快翻烂，封皮依然干净素雅，却仿佛并不怎样珍惜，两三本随便摊在书柜上。

我拿起柜子上摆放的照片。这是老温的戏曲艺术照，应是几年前照的，比现在瘦，更显帅气，反串花旦，浓眉如黛，红唇皓齿，目光深邃清亮，皮肤白皙得像花旦的长水袖。

"京剧里的衣服真逗，那么长的袖子多碍事啊。"我窃笑。

"这叫水袖，用处大了，京剧里要专门练水袖功，通过抖袖、翻袖、掷袖这些动作，传递人物的感情。搭配动作特别好看。"他从卧室里拿出一件特殊的白色衣服，衣服很短，仅盖住肩膀，袖子很长，每只袖子大约有一米五长。他将这件奇怪的衣服穿在身上，唱"我只得放大胆四处找寻"，然后身体下蹲再站起，双脚前后变换位置，双手大开大合，伴随水袖舞动。这一刻，水袖就是薛湘灵焦急跃动的一颗心。

"好！"身边懂京剧的朋友鼓掌喝好，问："你天天在练吗？"

"练啊！不练怎么行？我特地做这件水袖，就是为了练功用。"

"你做的？"我惊讶他竟然能够熟练使用缝纫机。我印象里，这种物件在家庭生活中消失已久。

"当然，缝纫机好用。"

我拉过白绸长袖，看见针脚平直细密。

二

老温是我朋友的朋友，结识于一次饭局。满桌人我只跟他不熟，貌似他也只对我陌生。那天因为加班去得晚，我到的时候，他正在唱京剧。《红灯记》听了个尾音，然后开始《盗御马》《贵妃醉酒》……曲调婉转，仿佛要把嗓子拗断，却每个字都让人听得清清楚楚。大家都在鼓掌、叫好、打拍子。

酒至微醺，正是开怀之时。

他唱得高兴，离开座位连唱带演，口中行腔，身上的每个动作却都干净利落。我不懂京剧，只约略知道京剧有"四功五法"之说，即"唱、念、做、打""手、眼、身、法、步"。我囫囵猜着唱词，多少理解了剧情，顿时觉得小伙子老帅了。

我悄悄问朋友："头回在酒桌上听唱京剧的，你们真会玩儿。"

喝了酒，自然而然调高了音量，背后的议论被老温听了去。他哂笑："这可不能叫玩儿，京剧就是几百年前的流行音乐，不过，你信不信，等现在很多流行歌曲都没人知道的时候，京剧依然还能留下去，没别的，这里面有中国的文化烙印。"

后来，我跟他熟悉了，他告诉我，他喜欢京剧始于初中，偶然听了场《红灯记》，然后狂迷上了样板戏。为了凑齐所有样板戏的京剧总谱，老温一次次去潘家园淘书，几年间，居然真的凑齐了。

再后来，他开始痴迷京剧，沉浸其中，废寝忘食，有点"疯魔"的劲儿。

那天吃完饭，大家去唱歌，他邀请我一起去，说让我听听他一个人用京剧碾压一桌人的流行歌曲："每回他们都不服，这次你当个裁判。"

我推说有事，他很遗憾，约定下次。

我当然不会告诉他，自己五音不全，一首不会唱，搅局第一名，只要开口必清场，效果绝佳；自己根本听不出来音准，更不懂京剧，谈何裁判？我更加不会告诉他，他这种人，正是我羡慕嫉妒恨的对象。

三

京剧是以声音为招牌的曲种，有个好嗓子是老天爷赏饭，但我没有想到喜欢京剧的老温，阅读量也是惊人。

夏末的一天，我去找朋友，让他帮我指点一篇练笔的小说，偏巧老温也在。

朋友在电脑上逐段给我点评，老温拿着一本文学期刊过来，对我说："你这小说太散，而且里面的人物，有的出现一次，就跟故事没关系了，你的目的是什么？小说里的人物都应该有用，可以草蛇灰线，伏脉千里，但是首先还是要让人物发挥作用，好比京剧《锁麟囊》，梅香起调和作用，一问一答，就把所有人都串了起来……"

我震惊他一个不写小说的人，竟然看得这样明白。朋友说："你不要小瞧他，他不仅读得多，而且读得深、读得透。一般人《红楼梦》读三遍就觉得自己了不起，老温从头到尾读了不下三十遍，而且是随处拿起一部分就读，这样的断续读法，算下来至少又将全书读了几十遍。你现在随便从书中拿出一句来问他，他就能把这一句前前后后的事儿给你讲得透透的。"

朋友告诉我，老温初中参加校园文艺演出，凭借一曲《红灯记》选段获了奖，奖品是一套《红楼梦》。他将这套新书拆开分册，手工装订成十二册薄本，随机抽着读，揣摩前后段落。

我肃然起敬。我读书慢，既缺乏耐心，更缺乏这种敬畏心。那天朋友向我推荐了三本书，建议阅读借鉴。

一个星期后，老温发信息问我那三本书是否读完了，我说没有，那么厚怎么可能那么快读完。又过一星期，他又催我，我说刚刚读完了一本。

"我上星期已经读完了，两本一般，不再翻了，一本比较好，已经看了第二遍。我原本觉得你的写作风格与另两本书很像，想等你读完这三本再推荐给你。没想到你还没读完。你既然想要写作，就应该多读书啊。"我都能听出他语气里的苦口婆心和恨铁不成钢。

我内心苦啊，读书是个持续的工程，如同盖楼：地基打得深，在最初会耗工时，但是后期能支撑起风雨如磐的高楼大厦；最初地基打得浅，只能盖平房，如果盖到半截不甘心，想盖高楼，只能先回头来下笨功夫把地基夯实。

我告诉他："读书如同唱京剧，唱念做打不是一天练就。你从少年练起，有童子功，我却要从常识开始学起，哪有那么快。"

他哈哈大笑，然后，继续盯我的读书进度，交流读书心得，但是在读书的时间上不那么逼迫了。

四

我觉得老温真是聪明，任何新鲜的事物在他那里，都能快速掌握，点一下就透。我不知道这份聪明是来自上天馈赠，从一出生就写在基因里，还是源于后天的锻炼，也许两者兼而有之吧。

朋友的公司年底要开年会，准备排练节目，请老温帮忙。他有如大将，排兵布阵，气定神闲，应付自如。舞台、音响、道具、杂务，每项工作都安排了专人负责，清晰明了，公正均匀。全场节目一气贯通，不论是评书、相声、小品、歌曲，他都能在彩排时发现表演的问题，并进行指点，偏偏还让人心服口服。

年会上，他组织排演京剧《锁麟囊》，临时演员里只有一个人会唱几句戏里的唱词，这几句唱词仅仅是薛湘灵怜贫惜弱时的独白。老温于是加入一个旁白演员，介绍故事前因后果，引出春秋亭这部分，改编成混搭情景剧，会唱京剧的演

员演薛湘灵唱京剧，让一个会唱歌的演员用《太阳当空照》
的调子唱赵守贞的唱词，其他人都是普通话道白。这样的混
搭节目，居然赢得了好几次掌声。

年会完美，上下皆大欢喜。我赞美他是全才，他告诉我
艺术原本就是一通百通。

他也带我们去他的朋友圈子，参加票友聚会。票友们泰
半每周固定一天聚会，轮流请客，都是些不太贵的苍蝇小馆。
大家提前到场，互相鼓励也互提意见，高兴的时候，他会拉
胡琴伴奏。我偷偷问："京剧的头面多漂亮，你们为什么不扮
上？"他语气淡得听不出一丝感情："没场地、太麻烦。"

喝酒吃饭，酒到半酣，哪位高兴站起来唱两句，大家掌
声未落，又有人站起来，新的一轮票戏开始了。

大家唱的时候，老温一边打着拍子哼着调，一边跟我说：
"让你闺女跟我学京剧吧，把京剧学透了，想学其他各门艺术
都能快速入门。"

"拉倒吧，她嗓子像我，天生的五音不全。你还是赶紧指
导指导她说段评书吧，好参加五月鲜花艺术节。"

指导孩子评书，他先布置任务，让孩子练习"贯口"，把
嘴皮子练出来；背熟段子，然后再辅导表情和动作。

一周后的周末，他现场指导：

"这段评书中可以再加上这段贯口，绝对出彩，我先给你
来一遍。"

"不能用朗诵腔啊！'啊，生活多么美好，啊，我爱这清
晨的朝阳'，你听听是不是太夸张了？"

"这句咬字不清楚，跟着我念……"

"这个动作不对，手挡脸了。你是表演者，你得时刻让观众看见你的脸。"

"这个动作脚底下不能动，把根扎稳了。"

……

问题就像打地鼠游戏里的地鼠，这个问题按下去，那个问题跳出来。我觉得他到了崩溃的边缘，但他依然不急不躁。我却忍不住，说："孩子朗诵腔根深蒂固，你的常识对她来说是全新的知识。咱们就让孩子只单纯背诵，不加动作，然后你讲评书的基本规矩，反而会快一点。"

他忽然落寞了。我心里咯噔一下，自觉又犯了话多的毛病。我赶紧组织饭局弥合，偷偷告诉我们共同的朋友，饭桌上一定要说到我这个人大大咧咧、说话云山雾罩、没边没沿的特点，不要让老温多心。

饭桌上，没等我拐弯抹角地道歉，他却说我的话很对，让他一下子想明白了很多事情："我曾经托关系找一位京剧名家指教，结果人家根本不指导我。以前我一直以为这个名家小家子气，怕我偷了师，现在才知道，我是外行，人家根本没法子指导我。我唱戏的来派，看着有点意思，实际上只是皮毛，从根子上就不对，底子轻浮。人家的基本功是童子功，是多少年下苦功夫，一步步扎实的。"

我劝慰他不要气馁，他也有多年练习的功底，又肯吃苦，知道问题出在哪里，先清空，重头来就可以了。

他说不行啊，这一行跟其他行不一样的。学的本事已经长在肉里头了，对的对着长，错的错着长，对错搅和在一起，就拆不开了。

我又说，我觉得你比真正专业的京剧演员都牛，他们唱老生的只会唱老生，唱花旦的只会唱花旦，你却文武男女各种角色都能拿起来。

他苦笑，说不是那么回事，真正的京剧专业，一入行就是一辈子，人只能专于一个行当，甚至一生只能专心演绎一个人物，所以人家才能把人物演活了，我终归是票友。什么都能行，就说明我是门外头的。

同桌有喜欢京剧的新朋友，以为京剧是共同的话题，便提起特别喜欢王佩瑜。他却吐槽王佩瑜那算什么京剧？真正的京剧名角应该是固守老祖宗传下来的规矩，怎么能想怎么来就怎么来？

"王佩瑜宣传京剧，让大家能听懂京剧，让大家了解京剧，然后才能让京剧重新活过来、火起来啊？"

他什么也没说，眼眶有点红。

"咱们喝酒！"

那一晚上，他唱了一遍又一遍《大雪飘》："大雪飘，扑人面，朔风阵阵透骨寒……"始终不肯换曲目。

我猛然转头，看窗外灯火璀璨，照亮了路上的大雪纷飞，像是专门布了个舞台的场景。我看着看着，飘舞的雪花，仿佛飞进了眼里，糊成一片。

五

后来，他公司不忙的时候，常来找我们聚。

他工作忙的时候忙死，人家"九九六"，他"零零七"，但是他不忙的时候也能闲死，因为他经常"炒"老板，认为有的老板外行管内行，有的甚至不明白自己企业发展方向到底是什么。

"明显的运营漏洞，一次次提策划方案就是不听，照他们那么胡指挥，别说发展，不倒闭就不错了。我是专业做运营策划的，不能任凭企业按照错的路子走，所以只能我走。"

我劝他："你多跟领导沟通几次，有的时候，人就是爱钻牛角尖，多解释几次，人家没准就明白了。"

他说："他当领导的，要我教他？"

我知道再说什么也没有用。老温认准了每个人都应该做好自己该做的事情，别人没义务去帮忙。

流行歌曲变化快，可以几个月就换一种流行风格，然而京剧的节奏慢，一个京剧演员选了行当，基本上一辈子都没法子改变了。一个喜欢京剧的人，应该沉稳。他"炒"老板这事儿，不该是他的风格。

他太骄傲，就像京剧，华丽地站在舞台上，就是帝王将相。

他太桀骜，就像京剧，孤独地站在舞台上，也要坚守底线。

一个男人心中有一股气，有时候是好事，可以叫骨气，让人昂着头向前走；有时候反而是坏事，成了赌气，会错判形势错失机遇。

这个有傲气又爱赌气的男人，曾经也是个有傲气又爱赌气的男孩。他读初中时，成绩排名靠前，父母双职工，经济上不犯愁，应该考高中、上大学，可是他一心一意要在初中报戏曲学校，母亲不同意，理由是"五十块报名费太贵，要是考不上呢"？

他赌气不学了，以第一名的高分考入广西的一所职业学校。等他过了叛逆期，才明白父母当初想要培养个大学生的用心。但是那一代父母教育的通病就是简单粗暴，板着面孔说规矩。孩子却如同想要挣脱束缚的蒲公英，撑起小伞就会飞走。结果飞向远方，落地后，长出来的依然是蒲公英。老温在不知不觉间，成为父母当年的样子，强调规矩，不愿解释，不肯妥协。

我问："没读大学，也没学京剧，你后悔吗？如果重新来过，你是否妥协？"

他沉默，长久地沉默，没给我答案。

谈话不欢而散。我知道我说了不该说的话，之后很久没有联系。那次他把自己打开得太多，就像被冒犯的小刺猬，把刺竖了起来。

我偶尔想起他，几次拿出电话，却没有拨出。我知道只能等，等他自己翻篇。

六

我们再次见面，已是一年后。

他告诉我前段时间很忙，现在彻底不上班，重新开始，他写了个关于京剧的故事："写热爱京剧的人，这是个长篇小说，我已经完成初稿，正在修改。"

我为他欢喜，又觉得心疼，他走了这么远，绕了一个圈，依然在京剧的门前停下了脚步。

二十年前，他如果一路前行，将会走向怎样的未来？也许，正是走在另一条路上的二十年，丰富了他的阅历，历练了不同的人生。好在即使面对空山幽谷，他一直没有停止呼喊，层层的声浪终在没有预料的时刻，传递了回响。

"我们现在从热爱出发，在新的起点上开始奋斗，把丢掉的二十年找回来。"我喝高了，继续嘴欠。

他愣了一下，微笑，笑容平和，然后高举酒杯："好，以后一起努力。"

人活一辈子，应该有所爱，也应该为了所爱而坚持，即使再苦再累，也会化作最知时节的甘霖浇灌内心的枯涸，哪怕失败，也是虽败犹荣，至少，回首来路，可以望见那个目光清澈心怀希望的少年，坦然举杯，敬曾经的过往："还好，我未曾辜负。"

疯三爷

一

梳着齐刘海双马尾的小女孩，立于东厢房外的土墙下，她歪着头，看着手心中的宝贝，满脸欢喜。在她的手心，蹲伏着一只半尺来长的桃木小狗。木雕小狗通体发亮，毛发清晰，指爪可见，尾巴翘起，大耳朵温顺地下垂，略歪着头，用圆圆的黑眼睛楚楚可怜地回望女孩。

小女孩忽然感觉光线变暗，她抬头，看见一个男人站在身后。男人头发蓬乱、胡子拉碴、双手皲裂、袖口满是脏污，最引人注意的是他其中一只眼珠，若白色之骨，淡而无光，另一只眼则蒙着一层黄色云翳。清澈与混浊的四目相视，两人咧嘴笑了。

小女孩四五岁，对语言掌握有限，她举起小狗，用稚嫩嗓音重复："我的，我要。"

男人的语言表达能力好像被流淌的岁月偷走了，他发出

"呜呜啊啊"的声音，笑着摊开右手，手心里晃动着一枚略有坑洼却依然晶亮透明的玻璃球。

小女孩高兴得跳了起来，伸手拿过玻璃球。她将木头小狗和玻璃球抱向怀里，一下子拥有了两个心爱的玩具，幸福感仿佛要满溢出来——是大年初一穿着新衣、兜里装满零食和压岁钱的富有；是渔夫回到家看见小金鱼将破土房变成宫殿的惊喜；是辛德瑞拉从南瓜马车上走下来就成为公主的骄傲——对于一个孩子来说，幸福其实很简单，心心念念的愿望得到满足就好了。孩子不断长大才会觉得幸福越来越难抵达，因为实现梦想的能力远远追赶不上欲望滚雪球似的膨胀速度。人们走向成熟的步伐，同时也在远离本真。再过几年，小女孩会嫌弃这个男人给自己的任何好，多少年后，她更会为自己年幼时的虚荣和自私羞愧。

小女孩是我。男人是我的三爷。

对于当时还是孩子的我来说，感情很简单，家是整个世界，玩具是最爱的宝贝。是的，宝贝！在孩子的心中，物品被赋予生命，被倾注情感。当我悲伤痛苦，会抱着妈妈的枕巾入梦，因为枕巾带着妈妈的味道，给予我温暖和安全；当我欢喜愉悦，会对着木头小狗说话，只有它能够听得懂我的词不达意；当我孤单寂寞，会用玻璃球、杏核抓子（杏核双面染色作为游戏的工具）、小药瓶等小物件排兵布阵，赋予它们名字和身份，演绎好人打败坏人的戏码。

更让我兴奋的是，在物资匮乏的童年，玻璃球是稀缺物品，大小孩子都喜欢用光滑的玻璃球做游戏，拥有者自然也被别的孩子高看一眼。我们在黄土地上挖一个洞，洞外画一个圈，走到五六步外画一条线，然后把玻璃球放在线上，人蹲在线外，扣牢拇指食指，对准玻璃球反复瞄准，然后弹出。几轮角逐之后，谁的球先进洞，谁就赢得胜利。拥有玻璃球的孩子并不多，有时三五个人参与游戏，只有一粒球，经常要在第一个人弹球后，第二个人用小石子补位替换回玻璃球，以此类推，进行比赛。

我的年龄尚不能自由驾驭弹球，却因弹球拥有者的身份，参与到大孩子的游戏中，并且享受"复活"一次的权利。

我心安理得地将木头小狗和玻璃球据为己有。三爷是成年人，玩具自然属于孩子。

进入不惑之年，我才懂得，这些小东西同样被三爷赋予生命的意义，是默默陪伴三爷孤独人生的朋友。

二

在世人眼中，三爷无疑是个疯子，一个被时间雕刻成透明的人。

他的头发又黑又长，乱蓬蓬像个鸟窝，他的脸永远是乌漆墨黑，长胡子纠结缠绕，如同野地里的蓬草。家里人会照顾三爷吃喝穿用，也会在农忙的时候叫他一起下地干活，如果三爷不去也没人在意。村里的人很善良，或许不过是种漠然。没人欺侮三爷，因为没人在乎他——他们忽视一个疯子，就像忽略一本书里忘记修改的病句。他是村子里可有可无的多余人。

没人会要求三爷承担责任和义务，对周围的人来说，他的存在没有价值。三爷不需要与任何人融洽关系，不需要顾及任何人的喜怒哀乐。他仿佛被一个看不见的罩子，封存于另一个空间，每天穿着袖口磨破满是污渍的黑蓝色衣服，幽灵般游荡在乡村与田野之间。他读不懂别人在想什么，也往往会恶意揣测别人的想法，时不时爆发怒骂或陷入恐惧。他活在人群中，又脱离人群，但他毕竟还需要情感寄托，于是，在空寂的世界里，他倾注于物，他四处捡拾废弃的塑料瓶、破损的积木、好看的石头……他将东厢房墙下废弃的狗窝搭建成属于他的王国，将这些没用的小物件，视若珍宝。他经常用半天的时间对着一个玻璃球嘟嘟囔囔，或是用捡来的刀片鼓捣一块木头。他会长时间蹲在狗窝边上，发呆或发笑，愤怒或惊恐，偶尔蹦出几句日本话，他会专心地用粉笔在墙上写漂亮的字，用自己捣鼓的铁叶片"吐啦，吐啦"卷出好几十根纸烟。他攥紧拳头瞪视接近他领地的外来者，他认为所有人都在觊觎他的宝贝，尤其是可恶的孩子们。

其实，没有孩子会稀罕他的"宝贝"。孩子们只会纵容自己幼稚的恶意。那时的孩子没有那么多课外班，更没有手机和电影院，他们成群结队地疯跑。男孩子无聊时就淘气，寻找刺激，释放旺盛的精力。挑逗、招惹一个疯子，看他因一根木棍、一句呼哨而暴跳如雷，看他虚张声势实则无能为力地反击，充分满足着青春期男孩子的恶趣味和好胜心。

我很小，但我会毫不犹豫地冲上前去争吵、打架。男孩子们不屑搭理一个小女孩，更何况小女孩最大的本事就是哭，哭泣会招来成年人的愤怒，会变成父母责打他们的理由。在小女孩面前快速撤退，反而是男生大张旗鼓的胜利。

保护三爷，是一种感恩的回报。他总是陪着我出去玩，我前边走，他后边跟着。捡到"好东西"，他让我先挑；走到坑洼，他抱我过去；遇到野狗，他护住我，跺脚挥手喝骂。保护三爷，是一种成就感。小小的女孩，勇敢站在大人的身前，那一瞬间，自己变得无比高大，仿佛拥有无限的力量。保护三爷，更是一种本能。共同的血脉，将我们紧紧连接在一起。

三

我是唯一被三爷倾注了全部疼爱的孩子。

妈妈怀我时，奶奶每天都提心吊胆。当年大家族同住一个四合院，她始终忘不了，妯娌们临近生产要到亲朋家借住，生完小孩再抱回四合院。因为每当有人怀孕临产，三爷就会突然犯病，大吵大闹，砸碎玻璃，推翻院中农用工具，扬言要用刀将临产女人的肚子剖开，拿出孩子扔到野地去。疯子用属于自己的极端方式，表达不允许女人在家中生产的坚定意志。

三爷的表达是无效的。爷爷的兄弟们陆续生养了五六个孩子，孩子们长大了，大家分成小家。分家时，太爷爷宣布四间北房老大、老二平分，两间西厢房属于老三，老三百年后，西厢房由照顾他的兄弟继承。大爷爷不肯因为两间房，而为个疯子操一辈子心，爷爷就说，我来管，有我一口吃的就不让他饿着。奶奶负责操持所有家务，增加个随时会犯病的人，当然让她颇感头疼，但想着不过加双筷子的事儿，何况将来那两间西厢房可以留给自己的某个儿子，于是默许了。从此，三爷成为爷爷家的正式成员，除了晚上回到自己的房子睡觉，其他时间都待在爷爷家，吃喝、干活、消磨时间。

时光如同米缸里的米，不知不觉就见了底儿，仿佛是烧火做顿饭的工夫，奶奶的孩子们也成年成家，生儿育女。奶奶这时后悔当初对三爷的接纳，她爱面子，不肯向新媳妇介绍三爷不仅木讷呆傻，还偶有暴力；她更不能毫无缘由地让儿媳妇到亲戚家借住并生产，那将极有可能引发婆媳战争，更会让亲家心怀芥蒂。

到我出生时，三爷的病情已相对稳定，没有激烈暴躁的症状，但奶奶仍暗自担心会刺激三爷，做出伤害产妇和孩子的事情。

让奶奶没想到的是，我的降生出乎意料地顺利。三爷没有任何过激反应，并对我格外宠溺，他紧紧地盯着伸胳膊蹬腿咿咿呀呀的娃娃，充满慈爱和欢喜地说："这小人儿啊，这小人儿啊。"我刚学会走路，总是一路歪斜地半走半跑，大人们笑嘻嘻地跟在身后保护，还会紧张地瞥着三爷。三爷也总在我身边，他也怕我摔倒，看见我专注地玩一个瓶盖，他凑上前来递过来半截铅笔、一个小瓶子以及他雕刻的小木工。我的注意力立即转移到这些新奇的物件上，然后三爷就会被斥责："从哪儿捡来的，脏不脏？要是让她放嘴里还不卡着……快拿走……"我四五岁时，农村没有这样多的汽车和往来的人群，大人们放心地让小孩子自己去邻居家找伙伴，或者独自在街上玩沙子。三爷总是跟着我，像个安静的保镖。

也许是我生逢其时，三爷的病情已经稳定；也许是血管里流淌着相同的血液，本能促使他疼爱隔辈的孩子。总之，他人眼中的疯三爷，只对我好。

是的，只对我好。弟弟妹妹们还没能长到能够与他玩耍的年龄，他就抛弃了整个世界。只有我，得到了他唯一的疼爱，成为他的宝贝孩子，一如成为爷爷奶奶、父亲母亲、所有长辈的宝贝孩子。

一九八九年，麦子金黄的季节，六十二岁的三爷拎着镰刀一直向西、向西，步行十里地，走到抗日战争时期发生惨案的西羊坊村，走上铁轨，迎向列车，为生命彻底画上句号。

一九八九年，我是个半大不大的孩子，每天忙着读书、爬山、捉鱼、跳皮筋、捉迷藏……起床上学，回家睡觉，除了吃饭没有一刻安静。我正是自尊心强的年龄，我再没有时间陪三爷说话，也不再关心他的破骨头、玻璃球、木刻小动物，我开始嫌弃他，然后忽视他。我的生活是彩色的电影，他是记忆里黑白的碎片。

三爷真诚地对小孙女付出情感，真实地陪伴着我度过青少年时光，可是在我的记忆里，他又是如此虚幻，好像从来不曾出现过。

关于三爷死亡的疑问一直在我内心纠缠：他是因为疯病

伤害了脑神经，误入歧途？还是厌倦了几十年重复枯燥孤独的生活，以生命为筹码，与命运进行了最后的抗争？抑或他的精神已经恢复了健康，面对日新月异、繁华喧嚣的世界，无力融入、无法交流，再难忍受内心的荒芜，才选择了生命的休止？

多少年后，当我的人生也步入低谷，面对命运的选择陷入迷惘，我记忆里的三爷骤然变得鲜明，然而一切都是破碎的，我要通过父亲、母亲、一遍遍打捞记忆，才能拼出一幅关于他的似是而非的拼图。

四

我的老家是个小平原，四周被山包围着，也被山保护着，极少发生大的水旱天灾。在经济发展缓慢的年代，乡亲们普遍以种地为生，很少有人外出跑江湖做生意，大家安稳守着土地过日子。

三爷是家中老幺，从小聪明，学什么都快，干什么都利索，他能自己修理日常工具，更写得一手漂亮的字——这在农村就已经很了不起。他还特别听话勤劳肯吃苦，很得私塾师傅的赏识和太爷爷的宠爱。三爷与他的兄长和同辈朋友一样，生命的路线早早被设计好：读几年书，学习种地，结婚生子，养儿育女，到老了含饴弄孙，再教育子孙如何种地。他人生的前半程，严格按照设计好的路线行进，他被社会的模具套印成标准的版式，等他真正走上生活的赛场，命运又用几个偶然的瞬间，把他推离了既定轨道，抛向荒凉未知。

命运的第一次捉弄，发生在三爷十几岁，已经是抗日战争时期，日本人占领了北平，大年初一的家宴不甚丰盛，门口也摘下了往年挂着的红灯笼，不过农村人还是要放炮仗的。炮仗有驱鬼的寓意，鬼真的来了，老实怕事的农民虽然什么也不敢说，仍要从吃喝中挤出钱来买些驱鬼的炮仗。在土地庙祈福后，三爷开心地点燃了引线，一声巨响，炮仗飞上半空。围观的孩子们的欢呼声，掩盖住了三爷的惊叫——炸飞的炮皮带着残存的火药，冲进三爷的右眼！

三爷经过及时治疗，眼睛保住了，没想到第二次伤害接踵而来。村北面的山叫冠帽山，山名承载着村民升官发财的朴素愿望，虽没听说村里出过什么高官贵人，青山绿水却也藏着乡下人吃喝穿用的财富。孩子们上山放羊、捡柴、割草、摘榛子，完成家长布置的工作之后，大山又变成巨大的游戏场。只是这一次，游戏成为三爷的一场噩梦。他捡回了一颗废弃的子弹，一个人安静地坐在院子里玩起来，也许他是想研究这个小东西到底装着什么，竟然能够让生命在它面前怆然陨落？还是单纯因为好奇和淘气？当砖头高高举起，再重重落下，电光火石间，意外发生了。封印着由硝、木炭和硫黄组合成的恶魔被引爆，这次彻底夺走了三爷的右眼，他左眼的视力也受到影响。

俗话说"大难不死，必有后福"，但命运并没有就此放过三爷。国民党抓壮丁，三爷被抓走，关进南口一户人家的牛棚里。我曾用地图软件搜索，发现从老家到南口开车需要一个多小时，步行九个多小时。我无法想象，三爷和其他人被绳子拴着，像牲口一样被推搡鞭打着一路走走停停。听老人们讲述，那支队伍不断壮大，人员不断变化，有人使了钱被偷偷放掉，有人找机会逃跑没再回来，有人逃跑被捉回殴打杀害。三爷趿拉着磨破底的布鞋艰难地走着，觑着视力模糊的一只眼睛恐惧地看着，脚上的血和眼前的血糊成一片。牛棚里最终只剩下三爷，一关就是三天三夜。有时候有人送水和饭，饭是干硬干硬的小窝头，水是漂着树叶、沉着沙子的脏水；有时候送饭人忙着打牌，忘记了还关着个残疾青年。寒风吹透破衣，夜黑得看不到边，星星冷得像无情的鬼眼……三爷不敢哭、不敢喊。当家里东拼西借终于凑足钱赎出三爷时，三爷彻底疯了，有个风吹草动就狂暴发怒、惊惧颤抖。战争如同燃烧着地心熔浆的恶魔之车，将行进途中触碰的一切燃成灰烬，就连碾过的碎石都被注入致命的黑暗力量。三爷正是被魔鬼的发梢扫过，跌入生命的深渊。

新中国成立后，乡村生活逐渐安宁。太爷爷开始为三爷筹划未来，上山拜佛求来香灰做药，请下乡的医疗队为三爷进行电疗。在平静的生活和精心的照料下，三爷逐渐好转，病情趋于稳定。太爷爷又费尽心思为三爷娶了房媳妇，期盼大难不死的三爷能享后福。

可三爷的厄运并没有停止，他接连发生意外：掘井挖泥受了风寒、下地干活儿挖出人头、媳妇与婆婆冲突愤而离婚……命运的重拳猛击，超出了他能够承受的极限，他自己开设法庭，宣布了将精神永远囚禁的终审命令。

太爷爷为三爷算命，期盼神秘的力量能够扭转命运。算命瞎子哼哼哈哈，用手中的木棍重重地敲击地面："命是天生，丝毫不差。"这句话，决定了太爷爷最终的放弃，抑或他早已失去信心，一直在等待这个论断。

五

我曾经一度认为"命是弱者的借口，运是强者的谦辞"。贝多芬也曾被命运逼入绝境，少年丧母、爱情失败、身为作曲家却失聪，面对有如暴风雨的命运，贝多芬勇敢地站了起来，他在《第五交响曲》的乐谱上写道："我要扼住命运的咽喉，决不向命运低头。"我想，三爷也应该勇敢与命运斗争。

我长大才发现，生命中遇到的一切，并不是我在温暖花房中的推衍，我也开始涉入命运的激流，我越过一道又一道滩涂，跨过一条又一条旋涡，自信满满。然而，我终于在一个夜晚失眠，疲惫却无法安睡，工作、生活，同时遭遇巨大危机，我试图抵抗，设想了若干方案复盘，算来算去依然是同样的结局，既然怎样选择都是错，躺平是不是最好的选择？我内心承受的压力，如同绷紧的弓弦，下一秒就将怦然断裂。盯着被黑暗吞噬的天花板，不停旋转的旋涡让我头疼欲裂。不是应该勇敢斗争吗？如果走上的是必输的战场，是否一定要继续向前？我困惑了。

父母通知我，老家准备翻新房子，让我回去当参谋。我全无兴趣，却架不住频繁的电话催促。我回到村子中，一切陈旧如往昔，我在老房中一遍遍逡巡，明明知道拆旧建新是为了更好生活，但想着住过几十年的房子即将变为残砖断木，内心还是充满了莫名的疼痛，就像我现在的生活。我突然觉得，每一块残损的砖木都变得格外亲切。

阳光如昔日那样温暖，我骤然看见东厢房外的土墙下，那个塌了一半的狗窝处，有闪闪的亮光！我走上前搬开破瓦断砖翻找，发现了一枚透明的玻璃球！

那里曾经是三爷的乐园，收藏着他最爱的宝贝。三爷是个疯子，可是他在我面前一直温和、清醒。当他被命运逼到墙角，他依然在寻找让自己愉悦的玻璃球，手工雕刻的木头小狗，感受爱人和感受被爱。泰戈尔说："当我们真正热爱这世界时，我们才真正生活在这世上。"我的疯三爷，他有他微弱的光，他也真正地活过啊！

我捡起玻璃球，举在手中，阳光照耀下，如此璀璨。三爷疯了吗？也许疯了，也许没疯，疯狂的是他曾面对的世界，而不是他。他选择了自己的方式对抗这个世界，无关对错。今日的我，其实远没有三爷坚强、明亮，或者，在冥冥中，三爷在用这粒玻璃球的光，鼓舞我勇敢地与过去切割，遵从内心的本真，去热爱残缺却真实的未来。

我转过身，面向老宅，大声说："拆了吧，再盖一座更好的房子！"

我离开了老房，揣起了玻璃球，这上面有三爷的精魄，他有如一叶小舟，被遗弃在命运之海上，小舟曾完全听凭大海支配，却也竖起风帆，寻觅港口，无论在世人眼中，是否为忧虑的不毛之地，抑或无理性的世界。

　　我也要寻觅自己的港口，越过生命中的险滩。

　　那一夜，我睡着了。

杏花的纷落

风都是香的。

杏花，梦一样地开了。

奶奶家的屋后，隔一条土路，是个大院子。院中有几棵老杏树，微雨轻轻一吻，醉了大地，绽放出云蒸霞蔚的一片春光。

杏树有三四米高，树干一路向上，攀缘分枝，空间领域愈来愈广，枝条越发幼细。七八岁大的我虽然很瘦，却仍不敢坐到最高处，在约三米高的枝丫上，侧身靠着主干，有节奏地摇晃着肌肉紧实的小腿。双手自然不能闲着，要四处去折花枝，如果看到开得繁茂的枝条，就站起来，一只手有力地握紧主干，脚则踩稳树杈，让身体展开如同飞翔模样，将漂亮的花枝折下来。

待到残花褪尽青杏小，就一边摘杏一边吃。我可以从青翠酸涩，一直吃到橙红甜软。

　　我晓得这棵树一切的秘密和妙处，可以任脚下的枝丫，在体重的压迫下向下弯垂；如果依然够不到，我愿意继续向上爬；如果脚下的枝条不能承受住我的体重，我会用一条胳膊抱住主干，把自己像树袋熊一样挂在树上，伸长另一只手臂去攀折。此刻，杏树晃晃悠悠，有细碎的叶子缓缓落下。

　　这是我最"英雄"的时刻，距离成功的边缘越来越近，却听到树下温柔地召唤："园园，下来吧，你老姑买糖回家了。"

　　园园是奶奶给我起的小名，她固执地只叫她自己起的名字。老姑当时在县城读卫生学校，总是自己省吃俭用，把钱一分一分地攒起来，回家时给奶奶和我买好吃的。

　　我信了，高兴得"噌噌噌"下树。

　　奶奶轻声而急促地说："慢点，慢点，没人跟你抢。"

　　等我落到地上，刚才的声音转瞬间变了，高而尖厉："又爬树，那么高，掉下来就摔死了！看我不告诉你妈去。"

　　还用了什么骂我的词呢？无非是不像个女孩儿，怎么能跟男孩子一样摔泥巴、爬山、下河、上树，头发永远蓬乱，鞋子太费坏得快，衣服天天脏得不成样子，等等。

　　还有什么？我不记得了。我不管这些，我急着回家吃糖。贫瘠的童年，食物是匮乏的，玉米面为主，逢年过节才吃白面大米，菜品是单一的土豆白菜。零食对于一个孩子来说，就像海伦之于特洛伊，因其稀少更有着神奇的诱惑力。

　　我顶嘴："我还没有站到最高呢，张晓军比我爬得还高！

而且，我没有掉下来过！"

"掉下来就晚了！"奶奶拉着我回家。

老姑没有在，但我仍然吃到糖。奶奶会把零食藏起来，挂在屋梁上、放进柜子最底层，或者小西屋的面缸里，一次一点，分批给我。我觉得她简直会魔法，在一穷二白的家里，魔杖一挥，零食出来。她不敢用百分百的哄骗引诱我下树，因为第二天，当她抱柴火准备烧火做饭时，习惯性地往屋后的方向看一眼，会发现我又坐到高高的树枝上了。于是，她扔下柴火，拔腿跑出门，绕到后街，进入院子，站在树下轻声唤我。

"我养活了五个孩子，也没有你一个费心。"奶奶这样抱怨。

也许正因为养活五个孩子，生活才会如此贫寒辛苦吧！她要赡养公婆、伺候丈夫、照顾小叔子——我的三爷爷，因为捡到抗日战争遗留的子弹而炸瞎眼睛，然后就疯了——更要喂饱嗷嗷待哺的五张小嘴。每天洗衣做饭、养猪喂鸡、擦柜扫地，每年一针一线拆洗缝纫一家老小十几身棉衣，不定期拆洗被褥……一茬孩子长大了，像小鸟一样飞向自己的天空，新的一茬孩子又如同新春播种的庄稼发芽成长，催促着拔草捉虫、浇水施肥。

就像无数农村家庭一样，开枝散叶生机勃勃的背后，是一个又一个女人默默操劳的一生。

看着黧黑面庞的奶奶着急惊慌的样子，我就会笑着想象，她的心是我脚下踩牢的枝条，被风霜雪雨磨砺得粗糙，却在面对一代又一代晚辈的时候，迎来一轮又一轮春天，清冽的汁液，汩汩流淌，柔软了血管，积攒着爱意，顶破表皮绽放一芽嫩绿，开出一朵朵娇嫩的花。相伴而生的，是顽皮淘气的疾风骤雨下，缤纷一地的恐惧。

岁月的风雨，粗粝了一颗心，看见新绿，又重新柔软，充满格外的怜惜。经历过各种各样的遭遇，所以一有风吹草动，会率先设想出种种可怕的后果，担心稍有不慎便会造成难以承受的灾难和伤害。

奶奶有三个哥哥一个姐姐，我只见过三舅爷。奶奶年轻时，经受了宠爱自己的父母兄姐的死亡，嫁为人妇，又先后送走自己多年照顾的公婆、小叔子。现在想来，她看似坚强的背后，藏着的是对死亡的呜咽和无奈。

可是新开的花，并不知道一场狂风就能让一棵树落英如雨，初生的牛犊不怕百兽之王的雄风。

我什么都不怕。我只会嘲笑老年人的谨小慎微。

我腹诽："才不是呢！费心的明明是那两个小的嘛！我已经自己玩了。"

奶奶曾同时带四个弟妹。几个孩子上下相差一两岁，叽里呱啦打成一团，但孩子们再闹腾，也不过是电视机上精彩纷呈的演出，奶奶才是手里拿着遥控器的权威，只要她一出现，战局便宣告结束。

"孩子们和他们的孩子，都是我带大的。"这是奶奶一直引为自豪的事情。看着人丁兴旺、添丁进口；看着餐桌上从玉米面饼子就咸菜，逐步变成白面大米应季蔬果；看着孩子们的衣服从补丁落补丁，逐步变成还没有穿破就换了时兴样子……奶奶是满足的。

我的孩子出生时，她已经快八十岁。她坐在床上，把重孙女抱在身前，点着丫头的小脚丫："颠颠捏捏，桃花落叶，李子黄，麦子黄，黄到底，就是你。"不会说话的小娃娃嘿嘿笑，窗外秋叶飘黄。她自信满满地告诉爸爸、妈妈：有事可以出去忙，孩子她来带！她脸上的笑容和皱纹里都骄傲地写着：我可以！没问题！

我根深蒂固的印象里，奶奶一直那么老，仿佛从一生下来就是满脸皱纹慈眉善目的模样。从我记得她，到她离开我，她没有年轻过，也没有再老去。

妈妈说不是这样的。奶奶是家中老幺，从小被捧在手心里养大，分配给她的工作是最轻省的做饭，父母兄姐不舍得让她干种地等粗活儿；奶奶年轻时泼辣，家里家外大事小情说一不二，比如决定孩子们的婚事，比如不同意二叔当兵，二叔到老了都耿耿于怀军旅梦的破灭，比如因为我和邻居小孩打架，她去和邻居吵架……

我无法想象她也有小时候，梳着两条小辫子，穿着碎花袄，娇俏可爱、干干净净，站在树底下等着哥哥姐姐给她摘果子。然后，还是孩子的奶奶走进我的童年，站在绚烂的杏树下，仰着脸望着我，焦急而温柔。光阴流转，风云变幻，她逐渐变得粗糙，变得坚硬，再变得倔强，变得慈祥。

奶奶是好强的。

爷爷在家里是甩手掌柜，每天到街上跟老哥几个下象棋，奶奶则是家里家外的"大拿"（管事的），吃什么、买什么、亲朋办事随多少份子、考学做工、分家盖房……所有人的任何事，都要先请示奶奶，才能够去落实。

她忙前忙后，精打细算，在捉襟见肘的岁月里，支持住一大家子日常生活的运转。七十岁的奶奶，仍然坚持自己照顾起居，只要是外出，无论参加喜宴还是走亲访友，仍然提前到理发店修剪头发，出发时对着镜子涂抹头油，让每一根头发服帖，然后换身新衣服，把自己打扮得干净利索再出发。甚至，办理爷爷的丧事，也是奶奶在主持。

我坐在土炕上将白布撕成粗细不等的长条，有的做成头上戴的孝帽，有的做成腰间围的孝带。吊唁的客人上门，便敬上一套。我时时问奶奶，这个人是谁，那个人是谁；给什么人红花的孝帽，给什么人净面的孝帽……爸爸、叔叔也会时时走进屋请示奶奶，什么事要请哪位长辈操持，送路、出殡的流程是否正确……

当时的我愤恨院子里办"白事"震天的音乐，我不能理解那些系着孝带边劳作边说笑的人们，正如帮衬办喜丧（农村称高寿老人的葬礼为喜丧）的他们不能理解女性家属内心的哀伤。而八十岁的奶奶有如老帅，坐镇中军，声音沉稳，指挥若定。她的冷静和坚强，让我一度恍惚：陪伴爷爷走了大半辈子的奶奶，面对生死离别，是否咀嚼着伤痛？

爷爷丧事之后，她病了一场，然后一下子就老了。我不知道是因为感到了孤单，还是因为烦促的生活，骤然间被按了停止键。她不适应突然来到的清闲。爷爷离开前数年卧病，虽有儿女轮流帮衬，但照顾的主力一直是奶奶。做饭、喂饭、擦手擦脸、换洗衣服……她像一只陀螺，在命运的指尖上不停旋转，忘记了最初为何旋转，只是固执地坚持旋转、旋转，把脚下的点当成永恒的方向，持续加速，仿佛一旦停下，便会倾倒。她脚下的点，就是这个家，是丈夫、儿女、孙辈，她用力的路径，就是日复一日的繁杂琐事。

那个曾经被宠爱的小女孩，在生命的流年中，一点点失去依傍，嫁作人妇，又凭借着不服输的倔强性格，万事从头学起，当家做主，挑门立户，东挪西凑抚养五个儿女，把日子过得滋润有余。她的一生就是学习成长、向上攀爬的过程，哪怕再高、再陡、再难，也要尽最大的力量，把自己的职责完成到最好的程度。

有奶奶在，我永远是孩子，可以什么都不管，什么都不懂，什么都来问。孩子痛了可以在人前哭泣，奶奶痛了只能人后舔舐伤口，甚至，她都不要你知道她会痛。

二

我的印象里，奶奶一直在做饭。早上我睁开眼睛，她在淘米；我中午到家，她在烧火；下午放学，她在择菜；我出去玩得一身汗回来，她把饭菜摆满圆桌。

小时候，做饭是费时费事的家务劳动，占据着一个女人大部分劳务时间。家家烧火用的柴火就占半院子。人们在秋收的时候将玉米秆、高粱秆等收回家晒干，脱去颗粒的玉米核（我们老家叫作棒胎儿）整齐地堆放在一起，棒胎儿比庄稼秆耐烧。每年冬春农闲时，奶奶坐在炕上，拿着一根晒干了的玉米，用锥子手工脱粒，随着锥子从顶端往下"突突突"地冲锋，一排一排的玉米粒就欢喜地蹦跳到笸箩里。我们有时候会帮忙，帮忙为了听故事。奶奶讲自然灾害时，庄稼收成不好，怎么把棒胎儿碾成面掺在玉米面里贴饼子。我们惊诧："棒胎儿还能吃啊？"因为棒胎儿粗糙，用锥子给玉米脱粒，不到十分钟，虎口就会被又硬又糙的棒核儿磨得又红又疼。

"不仅棒胎儿能吃，榆钱儿也能吃，树叶子树皮都能吃，不吃真饿啊。不过做好了不难吃，不信改天给你们做。"奶奶说到这里，我们忽地跳下地："捋榆钱儿去了。"她就笑骂："这帮懒孩子。"然后继续专心致志于枯燥的劳动。玉米被分开成玉米粒和棒胎儿两堆，玉米粒收进麻袋，棒胎儿堆到院子柴火堆上。她专心的样子就像我们考试，每次完成一项工作都会被计分，一分一分加在一起就成了评判一生的成绩单。

当然这些柴火并不够，还需要耐烧的"硬柴"，主要是木头，她要将男人们上山砍的木柴、孩子们捡回来的树根分类放好。这样在烧大锅做饭的时候，就能根据锅里不同的食材，往灶膛里填放不同的柴火。

除非实在忙不过来，奶奶一般不叫我们帮忙烧火，一是她好强，自己能干的就不叫别人分担；二是她嫌弃我们笨，该放木柴时放玉米秆，该一根一根慢慢放玉米秆生小火时，我们一抱一抱往灶坑里送柴火，于是有的饼夹生，有的饼煳了。

做一大家子的饭是很大的工作量，比如要洗一大盆土豆、一整棵白菜，在直径快一米的大锅里，绕圈贴满玉米饼子，馒头要蒸满锅，米饭要水煮捞饭，吃完饭就是堆成山的碗。男人们要去上班，小孩子们要去读书、要去玩，她便一个人洗菜、淘米、和面、抱柴、烧火、做饭、洗碗……日复一日，年复一年，上班的男人们心安理得：女人在家能有什么事啊？不就做个饭嘛！他们却不知道，夜以继日的家长里短，耗尽了女人的一生。

奶奶最拿手的是摊土豆饼。薄薄的、焦黄的土豆饼在算子上摞成厚厚一摞，配上蒜醋，点几滴香油，我一想起那味道，馋虫就会被勾出来。奶奶却轻易不做。家里人口多，十多口人，每顿饭蒸一大锅米饭，最后一个人的饭还没盛上，第一个端碗的孩子已经要求再添第二碗。在一口大铁锅里，一张一张摊土豆饼太费时间，还费事、费油、供不上吃，而且土豆饼油大，得趁热吃，凉了会腻。

最小的老姑第一次领着男朋友来家，奶奶做了土豆饼、熬茄子、炒豆角。外人看着不过是家常便饭，我却知道奶奶非常用心，每一张土豆饼都薄厚均匀、金黄焦脆，炒好的菜没有放在盆里，而是用盘子盛好端上桌。奶奶站在旁边看着老姑父吃，像等待老师发成绩单的孩子，目光中有小小的期待和微微的紧张。老姑父把一摞土豆饼都吃了，直打饱嗝，赞叹这是自己吃过的最地道的土豆饼。奶奶笑了，头不自觉地抬了一下，自信点亮她的眼睛。赞美仿佛是九九河开的那一股潜流，融化了河面上最后一层薄冰，于是"砰"的一下，整个春天荡漾在她的脸上。

奶奶快八十岁时，逐渐变得虚弱，孩子们不再允许她单独居住，她的身边总是有人陪伴。一次我回父母家，妈妈上班不在家，爸爸在房间里倒腾柜子，奶奶在厨房做午饭。我很生气，偷偷责备爸爸："怎么能让奶奶做饭呢？"爸爸跟我说："人老了得有事做，否则会觉得自己没有用。大家爱吃她做的饭，她就高兴，一高兴就有精神。"果然，奶奶看见我回来，又开开心心地炒了我爱吃的土豆丝。她的饭量很小，几口就饱了，宠溺地看着我们把饭菜吃完。

我忽然悲哀，灶台是她一辈子的坚守，做饭是她一生跳不出的命运，孩子们的赞美，是对她存在价值的最好肯定。一个农村女人，一生追求的价值，从迷茫到清晰，从被迫到自愿，如同一方坚硬的印石，被生活的刀凿，一下一下刻成一方专属的印章。

三

我开始好奇历史，在百度搜索奶奶出生的时代，我想看看奶奶是不是原本可以开启精彩纷呈的人生，是不是真的可以挣脱命运的绳索。

同样生于一九三二年，"电影皇后"伊丽莎白·泰勒三岁开始学习芭蕾舞，两次获奥斯卡最佳女演员奖，被林肯中心电影协会授予终身成就奖。中国的张织云，比奶奶还大几岁，幼年移居上海，成为中国第一位电影影后。田华老师与奶奶一样，出生于落后的小山村，童年家境贫困，幼年时期丧母，少年时期参加八路军晋察冀军区抗敌剧社，后因在《白毛女》中扮演"喜儿"成为家喻户晓的艺术家。在中华人民共和国成立七十周年之际，第一位获得诺贝尔科学奖项的中国本土科学家，也是获得中国国家最高科学技术奖的第一位女性科学家——八十九岁的屠呦呦，又获得人生最重的一个奖项：中华人民共和国首次颁发的"共和国勋章"……

在中国，女人这个群体走出家门不过才不足二百年的历史。一八四〇年前女子生活在家中，一八四〇年后，妇女被知识分子发现，她们有了放足的意识、读书的机会；随之而来的是五四新文化运动，女人看到自己可以逃离家庭，可以有个人自由意志。女人被官方允许进入学堂读书，是女人第一次以合法的名义离开家庭，她们在校园里博览群书、学习技能、关心时事、参加活动、听新文化运动旗手的讲座，于是有一小部分人在解放身体之后，解放了思想，选择实现自我价值的道路。有资料可查的中国人自办的第一所女校出现在一八九八年，三十多年后我的奶奶出生。毕竟最初进入校园的女子都是富裕家庭的孩子，而且思想的觉醒需要缓慢而曲折的过程，能过上与众不同生活的女人少之又少，成功者更是寥寥无几。作为普通农民家庭的孩子，我的奶奶与大多数同时代的女孩子一样，没有进高等学府的机会，自己的思想里也认同女人的责任在于对家庭的付出。

不同的树开不同的花朵，不同的路有不同的风景。一粒种子撒进不同的土壤，只能在特有的物质条件和生存环境下扎根、生长，每个人生命的历程，都不能脱离外界条件的束缚。命运如同陶泥旋转的底座，固定住一个原点，时间之手轻轻抚触，生命的泥土几经变化，最终定型成不同的器皿。

若干年后，奶奶缠绵病榻，轻得仿佛没有重量，彻底不能再做饭，甚至不能自理。对一个好强惯了的人来说，吃喝拉撒都要靠别人照顾，内心是何等卑微和屈辱。

我不敢看她的眼睛，她的眼神里写满恐惧和哀求，像个无助的孩子。她不知道自己求什么、能求什么。我不知道自己该怎么帮她、能帮她什么。我只能不停地喂她各种零食。她的胃口还好，牙口也好，对什么新奇食物都不拒绝。这是她一贯的智慧，从来不要求也不拒绝儿孙们的善意，哪怕是不合心意的孝敬。这也是她一贯的性格，永远保持对陌生事物的好奇和尝试的愿望。

她吃饱了，空气又陷入寂静，我不知道该说什么，与一个八十七岁的老人聊工作吗？与一个带了一辈子孩子的女人谈育儿吗？与一个操劳一生的人抱怨辛苦吗？还是向她汇报欣喜和幸福，又怎么说呢？工作与生活让我焦头烂额，重复又重复的一天又一天，有什么欣喜和幸福呢？我只好问她年轻时的故事。她的眼睛一下子就亮了，嘴角轻轻扬起，头不自觉地抬了一下，自信充满了她整个身体，她的脸上恢复了骄傲的神态："想当年我去看过毛主席——你们都没见过毛主席，我见过！我当妇女主任的时候，咱们县组织村干部专程去北京。"发现了这个秘密，如找到"芝麻开门"的咒语，找到了与她聊天的切入点。每次看她，便会问她往事，每次她都很健谈。她告诉我，她曾经也是家里家外一肩挑，是村里的妇女主任，处理公事井井有条。村里组织妇女干部活动的时候，走过很多城市。孩子们孝顺，也曾带她去外地旅游。"我看过海，别的老太太可没有这样的待遇。"她说，很开心的样子，我在她的眼睛里，看见了大海蔚蓝的波涛。

奶奶是在孩子面前保持严肃的人，我推开她心门的时候，她的生命已然时日无多。

我惊异地发现，她曾经也有梦想，也有渴望，也一路努力，但是后来她的梦想缩小回家庭，她的价值聚焦在做饭这一件事情上。

我忽然发现，我竟然不如奶奶！她渴望成为她自己，虽然囿于现实和物质条件，没能抵达期望的终点，但是努力的过程，已经变成闪亮的珠宝，被珍藏在她心灵的妆奁中。

电影《死亡诗社》里说："孩子们，你们必须努力寻找自己的声音。""孩子们，让你的生命超凡脱俗。"我们能做的只是努力寻找自己的梦想，然后努力扎根、努力成长，给重复又重复的生活注入欣喜和新意，用最大的力量绽放，散发独属于自己的香气。

我其实不如奶奶。我总是看见别人的幸福，总是抱怨自己的处境，总是在更改前进的方向。我迷了路。

灵位之前，我才第一次记住她的名字。于我而言，对奶奶的印象，停留在灶台前、家门口。曾经也问过奶奶的姓名，比如小时候好奇，比如她生病住院插在床头的卡片。但在我心里，奶奶就是奶奶，奶奶的名字就叫奶奶。唯有灵前，我一遍遍读着写着她名字的小小木牌，我不能相信，一个人最后就只剩下一张照片、一个小木牌。

她离开已经很久，又仿佛从来未曾离开，她永远在我的身边。切土豆丝的时候，我会听到她说："刀要斜着，要不然容易切了手。"周末的时候，远方会有呼唤："哎，你们好久没有回来了。"立志减肥与贪吃欲望斗争的时候，她躺在病床上叹息着劝告："胖点好，身体健康最重要。我年轻时也胖过，后来再不能。"我偶尔在欢笑中忽然暂停，流下泪来，然后吸一吸鼻子，一切继续。

我告诉自己要相信动画电影《寻梦环球记》里说的是真的，只要爱的记忆不消失，只要不被遗忘，生命便没有结束。我们永远记得，虽然不敢提起。

老家的杏树下，再也听不到奶奶的呼唤："园园，回家吃饭了。"但是我的行囊里已经被奶奶装上了努力和倔强，装上了奶奶希望我幸福、希望我成为我自己的愿望。

走出这一方小小的院子，选择新的落脚点，四季更替，轮回有序，不计风雨，不畏险阻，奋力去开自己的花，结自己的果。

半个月亮升上来

一

我对姥姥的印象，就像记忆中那个夏日夜晚的月亮，朦胧不真切。

那天，我们这些孩子正在河边玩得开心，忽然看见低矮房屋上空，陆续升起白色的炊烟。

袅袅炊烟仿佛是被天空中一双看不见的手抓住的小辫子，紧密笔直，打散的发尾蓬松，又像是一朵云在悠然飘动。炊烟是有声音的，炊烟也是有味道的，每家炊烟的声音和味道，只有自家的孩子能够听到、闻到。因为每缕炊烟下面，都有一个在灶台边忙碌的女人，她用炊烟招呼自家孩子：不要贪玩了，快回家吃饭。

看见炊烟，我和小伙伴挥手告别，同时告别喧嚣热闹的白昼时光。我们带着满身尘土，顶着一头乱发，心满意足地跟着炊烟归家。我们一进家门，照例立即被灶台边忙碌的女人发现，然后被斥责着洗手擦脸换衣吃饭。

　　姥姥守在灶台边，却不会斥责我。无论我什么时候回家，她都会端上热气腾腾的饭菜；我爬墙上树，把衣服弄脏弄破，她微笑着帮我换上一身干净的衣服，端着脏衣服去河边洗净。姥姥是我记忆里最温柔的女人。在她心里，我是她嫁出去的女儿的孩子，每年回来的日子加总在一起不超过两个月，所以我是她的亲人，也是她家的客人，在难得的相聚时光中，我的淘气、霸道、邋遢等都是可以容忍的微瑕。她甚至认为我假小子一样的性格是闪闪发光的亮点。她从来不教我和妹妹们做家务，她逼着我们读书，纵容我们疯跑，她说既然没有生成男孩子，就当男孩子养，长大了离开灶台，到外面的世界去干大事。

　　夏日天长夜短，晚饭后天光尚亮，聒噪了一日的蝉鸣渐渐低落无声。村人陆续到街上乘凉。家门口的老街临河，增添清凉也盛产蚊虫。孩子们嬉闹着点燃编成麻花辫的长艾条驱蚊，男人们摇着蒲扇有一句没一句地闲聊，女人们手中拿着毛衣针聚在一起低声细语。我坐在小板凳上，肚子饱饱的，脑子懒懒的，心中安静恬淡。姥姥站在我身后，动作灵巧快速又十分轻柔地给我编着辫子。我透过散发着浓郁艾香的烟雾，看见月亮慢慢浮出河面，像一柄老式木梳从光滑油亮的长发末端轻轻提起。木梳没有再次梳理长发，而是变成缓缓提起的灯笼，氤氲雾气中，点亮蓝宝石的水面和靛蓝色的天空。

　　我震撼于巨大的月亮，痴痴傻傻地站起来："今晚的月亮像太阳那么大了。"

"傻孩子，月亮永远大不过太阳。"姥姥赶紧随着我抬高双手。她刚编好一边的辫子，正在梳理另一边的散发。

那天晚上被刻成铜版画，定格在我的记忆里。以至于，每次站在姥姥家门口，我都会望一望东方，期待再次升起一轮硕大的月亮，变成一艘穿越时空的船，把时光摇回去。

二

如果真的可以往返于现在和过去的两岸，我一定教导年幼的自己成为一个懂事的姑娘，每天陪在姥姥身边，听她说话，帮她做事，像背课文那么专心地记下她的笑容和忧伤。我要让她活在我自己的脑海里，而不是活在妈妈的描述里。因为妈妈对姥姥的回忆同样朦胧而不真切。

在妈妈的零散讲述中，她的幼年生活贫穷却幸福和睦。

除了玉米面，全家每年还能从生产队分到二三百斤稻子。稻子的出米率不到百分之七十，所以大米是金贵物，逢年过节以及家中来客人才能吃。走亲访友没钱买点心，全家动手炸油饼、炸排叉，再装上一小袋大米，就是拿得出手的礼物。平日里粮食不够，姥姥变着花样调配野菜和玉米面，做出可口饭菜，自己却最后吃、吃得最少……心灵手巧的姥姥，将捉襟见肘的生活打理得有滋有味。

姥姥谦和、大气。她从不与人争吵，邻里关系融洽，村里谁家红白喜事，她都会主动去帮忙。姥姥常说："街坊四邻都是好人。小时候我推碾子推不动，谁没帮忙搭过手？"滴水恩情涌泉报，是中国农村女人朴素的价值观。

在二十世纪六十年代的北方农村，一头肥猪是家庭最重要的财产。这个家每年都会买小猪崽，精心养大养肥，年底宰杀、卖钱、吃肉，全家过一个好年。有一年十一二月，姥姥家唯一的一头猪，已经养得很肥的猪，却突然死了，妈妈和姥爷急得直哭，姥姥问："我的大骡子大马死了吗？我的大骆驼死了吗？"

妈妈愣住了："家里哪里有大骡子大马大骆驼？"

姥姥说："不就死了一头猪吗？已经救不活了，日子还得过下去，也还能过下去，哭什么哭。"

一九七〇年七月，延庆闹雹灾，鸡蛋那么大的雹子把庄稼砸个稀烂。村民如果不重新下种注定颗粒无收，如果重新下种，玉米高粱都错过了节气，只能种荞麦豌豆。女人们坐在地里唉声叹气，不想干活，姥姥却说："别闲着了，赶紧种吧，要不然荞麦豌豆的季节也错过去了。"

女人们阴阳怪气："丢了西瓜捡芝麻，有啥用？"

姥姥安抚大家："西瓜丢了，咱们如果能找回来，那么我黑天不睡觉也去找。不是找不回来了吗？如果再不捡芝麻，可就连芝麻也没了。"

这句话被路过的乡干部听到，大为赞赏，在全乡抢播抢种动员大会上引用，并表扬："这个农村妇女说的话值得我们大家学习啊。西瓜已经丢了，我们必须全力捡好芝麻——这芝麻是生活的保障啊。"

　　姥姥在妈妈的剧本里，心胸开阔、睿智有理、温柔恬淡、安贫乐道，拥有简单的幸福，用朴素的智慧教会了孩子勇敢面对未来。可是，从断断续续听来的关于姥姥的故事中，在我心中拼出的却是一个忧郁苦闷的女人。我仿佛能够触摸到包裹着她的痛和苦的那层粗糙硬壳，坚硬的一面时刻警醒抵御外界，粗糙的内里稍不留心便刺伤自己。

　　姥姥不开心的原因表面上看是因为穷。

　　妈妈说："我一看你们扔衣服，就想哭。当年你姥爷上山打柴剐坏了裤子，你姥姥找布补衣服，拽拽这块布不够大，那块布又旧又糟补上穿不住。你姥姥一边找布头，一边拍着炕骂：'你说你让我拿哪个补？你说哪块行？'最后黑裤子上补了个白灰色的补丁。"

　　妈妈说："给你们做饭都愁得慌。现在的孩子这也不吃，那也不吃。我们小时候，过年才能吃大米白饭，吃顿粉条都高兴得不得了。"

　　妈妈小时候，土地归集体所有，农民日常干活挣公分，年底根据公分情况分粮食。男女劳力承担的工作强度不同，同样出一天工拿到的工分不一样。比如当时他们所在村里的标准是男人出一天工记十分，女人记八分。男劳力多的家庭生活相对宽裕。但同时男劳力比女人更能吃，年底按人头分到粮食，男人多的家庭不够吃，需要拿出钱买粮食。姥姥家六个女儿，挣的工分少，年年欠生产队钱。七八口人，除了主食、油盐酱醋、锅碗瓢盆都要买，衣服鞋袜、被褥书本也都得花钱。可是没有钱。姥姥用辛苦的劳作拼凑生活，每年秋天做全家的棉衣，春天将棉衣拆出棉花改成单衣，夏天将破掉的单衣改成短衣。那时候，大家都是一穷二白，都在爬坡过坎，这样的生活是大多数人的常态，但难免让负责操持家务的女主人焦躁。

姥姥不开心的深层原因是因为生了六个女儿。在单一工作体系里，客观因素造成女人处于劣势。现实生活中，隐形的歧视伤害无处不在。

妈妈的版本里，她自己小时候，没有被歧视，村里人老实善良，各过各的日子，而且很关照自己的家庭。可是她又说："没有儿子，哪里来的劳动力？"她忘记了我自己也是在农村长大的，我明明记得，小时候看村里人吵架，又脏又丑的女人叉着腰、跳着脚，嘴里吐出恶毒的谩骂："要不是缺了八辈子德，怎么生不出儿子了。""连个儿子都不会生，算什么老娘们。"……我一直不明白，如此咒骂女人，难道她自己不是女人？

在老辈人的农村，女性是可以被随意欺凌的，没有儿子如何顶门立户？

三

太姥爷早逝、太姥姥改嫁后，还未成年的姥姥和她的姐姐被亲戚分别抚养，破瓦房顺理成章地被亲戚继承，因为身为女儿是没有继承权的。即使是太姥爷还在的那些年，他再心疼妻女，也不能按照自己的心意照顾好家人的温饱。太姥爷兄弟三个跟父母住在一个院子里，家中开着村里唯一的饭馆、炸油饼、打火勺，生意很好，家里的财政和管理权都掌握在姥姥的爷爷奶奶手中。每天半夜，太姥爷都会假装出去上厕所，实际是从自家店里偷火勺。太姥爷一出门，太姥姥就很默契地上炕打开窗户守着，等着黑暗中伸进的一只手和手中的三个火勺。太姥姥将火勺转身交给身旁的两个女儿，再跳下炕迎进丈夫，熄灭油灯。黑暗中，娘三个偷偷吃饱肚子。

听到这个故事的时候，我仿佛看见一只窸窸窣窣的老鼠躲在角落里偷吃。

"自家店，为什么要偷？"

"饿啊。"

"不是生意好吗？"

"哎！女人和孩子不能上桌，这是规矩。"

"儿媳妇不管我能理解，他们自己的孙女也不让吃饱？"

"女孩子终归要嫁出去的。"

"那，如果是孙子呢？"

"大了就可以上桌啊。什么时候算大？老人说大了，就算大了。"

妈妈看我还不理解，给我讲了另一个故事：一碗小米饭要了两条命。新中国成立前，一个普通农村家庭，婆婆很厉害，好在小夫妻恩爱。这一天，儿媳妇做好了午饭，小米捞饭、野菜面汤，照例是长辈、丈夫、小叔子吃干的（小米捞饭）、泡稀的（野菜面汤），因为婆婆没发话，不下地干活的儿媳妇只能喝稀的，不能盛干的。怀孕的儿媳妇没吃饱，又特别馋酸咸菜，于是在男人们出门后，偷偷盛了半碗小米干饭，泡了一勺酸咸菜汤，没想到被婆婆发现。婆婆指着儿媳妇骂了半日，什么话难听骂什么。

晚上，女人哭着对丈夫说："全村人都知道我嘴馋不要脸，我没法儿活了。"

男人说："就当为了我，你不要生气，不要想不开。"

男人温言细语哄了半夜，女人不哭了，男人睡了。

次日清早，男人被咣咣打门声惊醒。婆婆用拐棍敲着门框骂："姑奶奶，我给你做饭吃，您别着急起！"

男人赶紧伸手拉女人，摸了个空，扭头一看身边没人了，心说："不好，怕是出事了。"男人连衣服都没穿就往外跑，沿着河堤找啊找。又怕找到，又怕找不到。终于还是看见了媳妇，漂在水面上，精瘦的人被水泡得浮肿。随后赶来的婆婆得知儿媳妇已经怀孕，一尸两命，也很后悔，坐在地上呼天抢地："我那可怜的大孙子哎……"

后来女人的哥哥弟弟打上门来，在男人家又是吃喝，又是打砸。

"然后呢？"

"幸亏女人家人丁兴旺，全家来吃半个月，把男人家吃穷了，也算是给女人出气了。"

旧社会的女人，一生悲欢甚至生死都由别人决定，一生都被践踏在别人脚下：出嫁前，命运掌握在父亲手中，出嫁后，命运转交给丈夫和公婆。女性被束缚在家庭中，成为丈夫的附庸。普通家庭的女性，很难有受教育的机会，即使是富贵家庭培养出的才女子、奇女子，也很难得到有社会地位的工作，更难以赢得社会的认可。《白鹿原》中，白嘉轩连着死了四个媳妇，父亲秉德老汉临死说的是："过了四房娶五房。凡是走了的都命定不是白家的。人存不住是欠人家的财还没还完。我只说一句，哪怕卖牛卖马卖地卖房卖光卖净……"白秉德没有说完的遗言，清晰地表达了他所代表群体的观念：女人不过是家庭的财产、生育的工具。有血有肉的女人被社会漠视、驯服、物化。

"洞房昨夜停红烛，待晓堂前拜舅姑。妆罢低声问夫婿，画眉深浅入时无。"唐诗里女人的曲意逢迎被描绘得百媚千娇，诗外，女人面对的是父权社会现实的冰冷和残酷。

四

姥姥是从寒冬走来的一株迎春。她生于旧社会，长在新中国。新中国成立那年，她已经十三岁，一九五五年生育第一个孩子时不过十九岁。她的思想被旧社会的礼教冰霜潜移默化地渗透，她的梦想又被新中国男女平等的火炬点燃。

"男女都一样""男同志能做到的，女同志也能做得到"，她和所有中国女人一样，在政治、经济、文化、教育等各个方面，取得了与男子平等的权利，她们挣脱了性别标签的绳索，开始以男性社会角色标准规范自己。

但是当时的生产力发展水平，并不能消除性别本身差异所带来的社会劳动能力的差异。女人自己的内心深处，也还潜伏着"传统"的观念和与人相处的"应有模式"。法律赋予女人半边天的地位，现实生活告诉我们任重而道远。

在公平的"同工同酬"下，姥姥和她的六个女儿囿于自身劳动能力，在没有更多劳动选择的情况下，因不同工所以不同酬，所以与拥有更多男孩的家庭相比，她们的生活质量处于低处。拜高踩低正是人性幽微之处潜藏的恶意，穷家薄业什么都没有，孩子没有新衣服让人笑话、没有书本笔墨让人笑话，家里来了客了没得招待让人笑话，时常担心别人背地议论笑话自己生不出儿子……这一声声或明或暗的嘲笑，如同一把把隐形的钢刀刺在心上。

姥姥少年时的所见所闻所历，也定会在她内心深处刻下生儿子的坚定信念。温柔是生活的塑造，焦虑也是生活的塑造，对女儿发自内心的疼爱是生活的塑造，想要生儿子也是生活的塑造。

我觉得妈妈讲给我听的那个姥姥，是被消逝的时间和她的爱修改后的姥姥，如同月亮，一半被太阳照亮，一半藏在阴影中。

姥姥如果能够活到今天，她就会听见邻居们对姥爷的羡慕："生了六个女儿，老爷子可够享福的!"多年后，姥姥的六个女儿，不管是当会计、做保姆还是服务员，自己都挣着一份工资，花得硬气，每年给父亲过生日、带老人出门走走，对父亲的日常吃穿用度格外细心体贴，仿佛要把没能对母亲尽的孝心，全部叠加在父亲身上。

女人从远古走来，道路曲折坎坷，中国女人的路终于艰难地走向开阔处。可惜我的姥姥看见了远方，却没有来得及走到她梦想的远方。她把外孙女们都当男孩子养育，希望孩子们能够用男人的思路与男人们竞争工作。她不知道，她没有走到的远方，有着她没有听说过的工作岗位，男女在同一个平台上竞争，男女可以发挥各自优势自主选择。她的孙辈们，我们这几个女孩子，都走出了家门，一点不比家里的男孩子差。在单位每年招聘的新人中，女孩子的比重甚至更高一点。几十年的发展进步，让更多的女人有了独立生存的能力。我们依然有各种各样的困境：被催婚、催二胎，在平衡家庭与事业的关系时内心挣扎，也会因为身材、容貌、年龄焦虑；虽然，世界前进步伐依然参差：非洲的女孩子还在为割礼抗争，边远山区和贫困地区的女孩子努力争取的不过是读书的权利、工作的权利，很多人拼尽了全力站上的高处不过是别人生活的起点，但毕竟女孩子们已经开始为自身价值实现付出努力，我们正在努力打破世俗套在女人身上的模子，就像记忆里的那轮又大又亮的圆月，终会升上高空，皎洁如水，清辉流光。

踏月归来打柴人

夕阳是个吝啬鬼，在沉落之前收回最后一抹光和暖。黑夜统领了世界，云山与星光融为一体，夜风携着孤坟野冢的气息，卷着山精树怪的故事，驱逐山路上渺小的归人。

姥爷就是那个归人，背着重重的一捆柴，或者拖着一棵准备削斫成建造房屋的或檩或椽的树干，深一脚浅一脚地走下山坡，向着点点灯火的村庄走去。那微弱的灯火是温暖，是呼唤，更是希望。

一九六八年，姥爷还没有我现在的年龄大，他还没有成为祖辈，只是个个头不高、黝黑敦实的中年人。他什么也不怕，不怕在深山中转悠一天的劳累，不怕肩头被木柴磨破的疼痛，不怕漆黑夜色中寂寞独行。他不敢怕，也不能怕。他是丈夫，是父亲，是家中唯一的男劳力。木柴的重担到家就能卸下，生活的重担却如这夜色茫茫看不到曙光。他已经有了三个孩子，三个都是女孩，最大的不过十几岁。她们就像屋檐下黄嘴唇的雏燕，总是伸展翅膀张着小嘴等待，等待食物、新衣服、上学用的书本。他悲观地相信，再过几年，这些孩子再大一点,家庭生活也不会得到改善。土地归集体所有,所有人都要到生产队挣工分,男劳力一天记十个工分,女人一天记八个工分,年底生产队根据工分、人口分粮食和计算工钱。自己家里女人多,工分少,每年都欠生产队的钱。靠体力吃饭的年代,女孩子的细致、耐心、敏感毫无优势。

姥爷多希望三个孩子都是男孩,哪怕只有大女儿是男孩也好啊,十几岁的小子壮得像个小牛犊,能陪着自己一起上山打柴、说话,漫长的路程就不显得那么寂寞。

上山打柴,这项枯燥重复的劳作,是年轻的姥爷给予妻女深沉、无声的爱。柴米油盐酱醋茶,烧柴是传统生活方式中的第一大事。新中国成立初期,农村烧饭要用柴,冬天烧炕和火盆等方式取暖也需要用柴。姥爷所在的村庄直到一九六五年前后才用上煤。买煤需要煤票,也需要花钱。刚用上煤那几年,人们只舍得在过年的一个月里烧煤,其他时间的取暖和一日三餐,主要还是依靠烧柴。当时没有实行计划生育,农村也没有避孕措施,一般家庭都生育四五个孩子,六七口之家每年至少需要十多捆干柴,每捆大约一百五十斤,总计两千多斤。柴的来源有粮食作物的秸秆、根须、玉米芯、树叶、干草,这些草本作物燃烧快、消耗大,远远不够满足巨大的用柴需求。近山的村民会在冬天上山割荆棘、灌木,捡拾树枝,俗称上山打柴,这些可较长时间燃烧的柴被称为干柴。县城附近住的人只能买柴,即使是双职工,有煤票,也舍不得顿顿饭都烧煤,因为煤是黑金啊,为什么叫黑金,贵啊!县城里的人也会买些柴烧火做饭,买的煤用来生个小炉子取暖。当时农村盖房，用的檩条、椽也要上山去砍，但必须走手续，经村里和乡里批准后，才能到山上自己村子的区域去砍树。姥爷勤劳，每到冬闲，他就上山打柴，把自家院子堆得满满的，从来不让为做饭发愁的妻子再为烧火犯愁。逢着初一、十五赶集的日子，姥爷会背柴到县城附近售卖，挣些零钱贴补家用，缓解生活的窘迫。家里盖房那年也是姥爷一个人上山砍檩条和椽，一个人背回家。

当时农民入社，每天下地干活记工分，只能在农闲的冬天请假上山打柴，请假的日子就没有工分，所以姥爷在凌晨三四点出发上山打柴，走上二十多里路进山，打够一捆，大约一百五十斤，就背回家，一般能在下午三四点到家。冬天家家户户都进山打柴，为了打到好一点的干柴，就要往山的更深处走，走得远回来得就晚，往往到家时已经天黑。如果要去砍檩和椽，就要走上大约五十里地，到达属于自己村子的山区，回家就更晚了，要到晚上九十点钟。

姥爷背着柴，从海陀山下来，经过村外的稻田、村北那条河，终于到了村口。他的家在海陀山下的田宋营村，这是一个被大自然偏爱的村庄，村北有一条大河穿村而过，河流位于蔡家河的源头区域。碧波荡漾的河水庇护着两岸的土地，村民除了种植玉米、黄豆，还种上了水稻。金色的水稻能够打出洁白的大米，为逢年过节的农民餐桌贡献金贵的细粮。村民引出蔡家河的河水，绕村挖出窄窄的水路，供村民洗菜洗衣灌溉田地，这就无形中减少了挖井、挑水的人力。即使不临河的人家需要挖井取水，在自家后院浅浅地挖上一两米，就能见到可饮用水。

年轻的姥爷并不知道，多少年后，他家乡背依的海陀山将作为二〇二二年北京冬奥会的主赛场之一，举世瞩目；细粮不再金贵，人们每天都能吃上大米白面；很多农民将土地承包出去，到商店自由购买来自世界各地的不同品种的粮食；人们不再直接饮用河水、井水，而是在自家房间里打开水龙头取水，生命之源的蔡家河流域被建设成为湿地公园，成为精神家园，成为看得见的乡愁；人们也不再烧柴做饭取暖，家家户户用上天然气、煤气灶、沼气。这些是年轻的姥爷想象不到的未来，就像我们也想象不到几十年后，高科技会在生活中占据怎样的地位一样。但是姥爷知道一条亘古不变的朴素道理，不管明天是天晴还是雨雪，今天也要踏踏实实背好柴、走好脚下的路。不管未来生活多么美好，多么日新月异，他的女儿们也不会忘记，没有姥爷年轻时背柴养家，也就没有几个女儿的长大成人。

望见村庄时，姥爷已经极度疲惫，又累又渴，背上像背着整座海陀山，脚步像挣扎在蔡家河的河泥中，直到看见一个模模糊糊的人影，才感到心中一暖，忽然生出气力，不自觉地加快速度。那是他编着麻花辫的大闺女在等他。闺女迎上前，把柴从父亲背上卸下来，分出一部分放上自己肩头，半拖半背运回家，让父亲能在这最后的几百米伸展伸展腰背，舒活舒活筋骨。有时在村口，他们会遇到串门回家的宋老五，姥爷就会拿出旱烟，哥俩闲聊几句。闺女不爱听人人聊天，一个劲儿催："快回家吧，我妈还等着吃饭呢。"宋老五家有五个大小子，天天吹嘘打柴、下地这些重活儿都是孩子们干。闺女不爱听宋老五家的事儿，闺女觉得自己身为女孩是种过错，她虽然不知道自己错在哪里，也不知道怎样修正这个错误。她只能暗示自己就是小子，自己比小子还能干，自己能给父亲分担，能照顾妹妹们和终将会出生的弟弟，她相信妈妈一定会生个男孩顶门立户。可是自己真的能比男孩子强吗？不能啊！那次家里盖房用檩和椽，自己迎了十几里，一路上看见别人家是父亲背一百多斤的檩，儿子背着四根二三十斤的椽，自己家是父亲一个人背着一根檩、四根椽。父亲坐在地上，半天站不起来，还是不肯将四根椽交给女儿背，他说："女娃娃禁不住。"大闺女坚持为父亲分担，将四根椽放在自己的肩上，只背了几里路就遇到亲戚帮忙，可第二天肩膀硬是肿成黑紫，抬都抬不起来。种水稻要轧地，如果田地不平整，水稻不是旱死就是淹死。村里的稻田零星分散，压地指望不上牛马，全凭人力。轧地的大滚子是一根长长的木头，拖在水里的木头两边拴着粗绳子，轧地的人把绳子挂在肩上向前拖行。受到重力加阻力的双重作用，粗重的木头在水里增加到一百多斤，力气小的人根本拉不动。轧地时，宋老五家父子几个人倒换着干，而自己家只有姥爷一个男劳力。看着姥爷像牲口一样弓着背艰难前进，站在田边的三个女孩眼泪忍不住往下掉，却帮不上任何忙。大闺女不知道，用不了二十年的未来，这样的重体力活儿都交给了机器，男女体能差异对工作效率的影响越来越小。

几年后，姥姥又陆续生了三个孩子，都是女孩。第六个女孩降生时，村里人的闲话气坏了大闺女，他们说："又是个丫头片子，老田八十岁还得背柴。"大闺女暗暗发誓，等我长大了，再也不让我爹背柴。她自己都没有想到，这个愿望竟然很快实现。一九七四年，她到乡里的修配厂上班，厂里产生的木屑、木块等废料，两毛钱一麻袋卖给职工。她每个月用十分之一的工资——两块钱买柴，让自己的父亲比有儿子家庭的父亲，更早实现烧柴自由。又过了十几年，农村取暖用上暖气、做饭用上天然气，老田不仅不背柴，连下田干活也不用，每天给孙子孙女做完饭，穿得干干净净地在树荫里打牌，邻居们都羡慕老爷子好福气。

当时，看到沉默寡言的父亲为这个家拼尽了全力，迎上前的闺女感到一阵心疼。

父女俩回到家，饭菜已经端上桌，不论是贴玉米饼子，还是搅杂和面，姥爷都不嫌弃不挑拣，端起碗就吃。姥爷想起明天要去卖柴，对姥姥说："裤子被树杈子剐破了，你一会儿帮我补上。"姥姥放下碗，拿过炕尾的针线笸箩，开始翻拣布头，拽拽这块布不够大，那块布又旧又糟，补上也穿不住。她需要去买几尺补丁布，可是没有钱。姥姥开始烦躁，突然情绪失控，双手用力拍着炕："你说你让我拿哪个补？你说哪块行？"三个孩子停住碗，看着妈妈，又看向爸爸。姥爷不说话，继续吃饭。一穷二白的年代里，生活总是缺衣少穿，缺东少西。这样的摩擦频繁发生，就像吃饭睡觉一样成了生活的日常。结婚头几年，姥爷会和姥姥对着吵。可是吵有什么用呢？又能怪谁呢？孩子是好孩子，听话懂事；媳妇是好媳妇,能吃苦肯干活,粮食不够,媳妇从来都是最后吃、吃得最少,走亲访友没余钱买点心,媳妇炸油饼、炸排叉,再装上一小袋大米,不让老田家跌面子;日子也是好日子,自己经历了旧社会的穷困,见过了小日本的暴虐,世上的事就怕比,现在不用担惊受怕、有吃有喝,还有什么好抱怨的。后来姥爷就把这种摩擦当成生活的一部分,不争论不反驳。姥姥磨叨几句也就不再说话。

第二天是县里的集市。姥爷一大早穿着屁股位置补着白灰色补丁的黑裤子,带着大闺女一起进城卖柴。大闺女背小捆柴,姥爷背大捆柴,进城十二里路程,人被柴压得佝偻着腰,人简直被柴推着往前冲。

那时已经临近端午节,姥爷和大闺女一路走一路合计,一百斤柴两块钱,姥爷背的大约一百五十斤,大闺女的小捆看着也有几十斤,至少能挣到五块钱。除了买盐、作业本那些必需品外,还有富余的钱买些肉、油和红枣,回家多包些粽子、炸点油条、排叉,送给帮衬过自家的亲戚和邻居,以示感谢。当时卖柴都在集上等,遇到卖主,要背着柴送到人家家里。爷俩商量好,谁先卖完就在阁底下等着集合。阁底下指县城玉皇阁的下面,是当时县城的中心,也是集市的中心,现在那里变成延庆区城西的最边缘,不再热闹,相较于老照片里的记忆,有着沧海桑田的变化。

天快黑时,大闺女兴高采烈地来到阁底下,举着两块钱,冲着坐在路边的父亲说:"今天买柴的人家真是大善人!"大闺女的柴卖给了一对小夫妻,夫妻俩看样子二十四五岁,四间大北房，崭新的红砖蓝瓦，显然是刚刚结婚独立生活。男人穿着灰色粗布工作服，衣服不起眼却表明了身份，是个工人。当时工人能够挣工资，比普通农民要相对富裕一点。大闺女背的柴总共六十七斤，应该收一元三角四分。当时物价低，铅笔二分钱，作业本六分钱，醋六分钱，盐是一毛三分五，一毛钱不是可以抹掉的零头。你是否好奇三分五怎么支付？很简单，买盐支付一毛四，额外得到一根针。女主人对男主人说："小丫头背来的，不容易，给一块五吧。"男人正在用碌子夯实北房前的土地，整理成平整硬实的晾台，以便秋天晾晒玉米、黄豆等农作物。他站直身子，看看天，又看看卖柴的女孩，说："这么小的孩子，凑个整，给两块吧。"

姥爷的眼睛终于活泛一些，"我也卖了三块钱，可是丢了。"大闺女傻了，脱口而出："让小偷偷了？"集上人多，经常听说被偷的故事。姥爷趔趄着站起身，冷地上坐久了，他的身子有些麻木，他说："也许是我自己弄丢的。"他把裤子口袋上的破洞指给闺女看，继续说："有两块钱就好了，给你们几个孩子买完作业本和笔，还够买油和盐。"

多少年之后，当姥爷糊涂了，认不得孙辈们，分不清六个闺女哪是老几，却还清晰地记得，那年的端午，在县城西边的村子，有一户小夫妻买柴多给了六毛钱，他们才在那个端午买了油，炸了油饼和排叉送给亲戚。"以后卖柴送人家些，捡来的柴又不值啥钱。记着，人家住在村子的东边，砖门楼，墙外是荒地。"糊涂了的姥爷总是这样念叨。他不知道几十年间，在农村扩建翻新的大潮下，他的大闺女早就不能分辨那户人家的位置。八十岁的他忘记了，他卖柴换油过端午之后，不过短短十几年，煤票放开，黑金降价，柴对于农村也不再是第一重要事。

时代的浪潮滚滚向前，普通的人们身处其中，随着浪潮前进。他们把所有风起潮涌视为平常，捆紧背上的柴，盯牢脚下的地，以朴实的态度，坚定的决心，一步一步扎扎实实向着希望的灯火行走。他们如同海陀山上蓊郁的林木，并不明了土壤与气候，只负责认认真真从大地深处汲取养料，拼尽了全力向着天空伸展生长，坦然面对风雨冰雹。每一个日夜都仿佛平淡无奇，每一刻时光都如同复制昨日，等到秋天，他们遇见累累硕果，回顾四季轮转，才发现每时每刻都在发生变化：花蕾缓慢绽放为繁花满枝，嫩叶从鹅黄丰盈为绿意婆娑，鸟儿在浓荫中婉转啼鸣歌声悠扬，松鼠在枝条上腾跳休憩繁衍生息……于是惊讶地赞美，这一年原来是如此风调雨顺。我们也应该赞美，这金秋的丰收，得益于他们每一个人不畏风雨脚踏实地的耕耘。

烛光辉映寸草心

将近二十年里，每年十月都是二姨家最热闹的月份，全家就像过年似的喜气洋洋。这个月份有两个重要的日子，一个是国庆节，一个是姥爷的生日。

姥爷生了六个女儿，他选定了老二招上门女婿延续香火，并始终和老二一家子生活在一起。农村土地承包给村民后，姥爷、二姨夫妻和孩子一共分得十多亩土地，都是旱田，种了玉米，还有一小块稻田。种地是辛苦活儿，春种，夏耘，秋收，冬储，一年到头琐碎农活儿不断，零敲碎打地熬煎人。二姨夫妻在外做工，春种、夏耘都不是着急活儿，可以利用晨起和傍晚零碎时间完成。玉米的收获季节在每年九、十月，收割、运输工作量大，又担心下雨把庄稼难在地里，所以收秋是最繁忙最急促的一道工序。二姨夫妻如果独自完成，需要每天下班后忙到午夜，持续十多天。所以每年国庆节放假七天，其他五个姐妹会带着丈夫和孩子们来帮忙收秋。二姨夫妻两个也会提前几天将玉米砍倒，大家来时专心完成最烦琐的掰玉米、装袋、运输几个环节的工作，不浪费劳力。姐妹几个很愿意过来帮忙，既是帮姐妹，更是帮父亲，同时还是中秋全家大团圆。

在收庄稼的这几天里，只要你顺着大致方向走，就能找到二姨家的田：聚集人最多、说笑声最大的地方，就是二姨家的田。玉米已经被顺序砍倒，形成一垄一垄的分区，姐妹几个总是占领邻近的几垄，围着头巾，穿着外罩，戴着手套，把自己包裹得严严实实。她们手底下用钉子利索地掰下棒子，扔进麻袋，嘴巴一刻不停地说话笑闹，扯着嗓子交换家长里短的信息。男人们脸上挂着笑，听从女人的指挥，开着轰鸣的拖拉机，把掰好装入麻袋的玉米从田里运回家中，码放在窗台上、晾台上。孩子们干一会儿玩一会儿疯跑一会儿，精力实在旺盛。二姨总安排姥爷在家帮忙做饭，姥爷总会抽空跑到田里逡巡土地和儿女，然后被女儿们逮住埋怨："我听二姐说您前几天没带钥匙，翻墙头进的家。这都多大岁数了，咋不让人省心，摔了可怎么办？""您就听听劝别再下地帮忙了，大中午不睡觉下地拔草，热火儿了不得吃药打针？不得受罪？那不是越帮越忙？"姥爷就会高声反抗："小殷（二姨夫）没带钥匙还翻墙头呢。""拔个草还能累死？我不拔草种地，你们咋长大的。"他不肯服老，认为自己还像开拖拉机的女婿们一样强壮有力，其实心里也知道孩子们说得对，不服老不行，亲家公不就因为摔伤了胯而下不了地嘛，只能躺在床上等人伺候。拌几句嘴，他赶紧溜达回家，他怕叽叽喳喳的闺女们没完没了，也怕家里做饭的闺女找不到油盐酱醋。

收秋后再过一两个星期，就到了姥爷的生日。姥爷过阴历生日，阴历九月下旬，等到了对应的日子，女儿女婿外孙女外孙子都会从四面八方聚集向这个临水的村庄。这一天男人们的任务就是打牌、敬老爷子酒，女人们的任务就是围着厨房做饭、上菜、收拾，孩子们的任务就是疯跑、切蛋糕、唱生日歌。姥爷是村里第一个聚餐吃蛋糕庆祝生日的老人。

改革开放后，农村生活发生了日新月异的改变。二十世纪八九十年代，基本生活支出已经不是家庭开支的大头。人们急切地改善着家庭条件，省吃俭用积攒一点钱，赶紧换回一件家具，再攒一年买回一台家电。我妈妈超级有规划，一九八三年盖房分家后，一年新购置一个大件，逐年添置了大衣柜、录音机、黑白电视机、自行车、冰箱、洗衣机，再然后淘汰掉黑白电视换成彩色电视、将单缸洗衣机换成双缸洗衣机、卖掉村里平房搬进县城楼房……她用了十几年时间，实现全套家电楼上楼下的生活目标。看着初具模样的小家，妈妈很骄傲，她觉得自己什么都不缺了，她计划的未来是继续攒钱，供两个女儿读大学，女儿结婚时陪嫁电视、冰箱、洗衣机全套家电。她想象不到二十几年后，就连初中的孙女都用上了智能手机、平板电脑，孩子们买的家电产品五花八门，自己会因为流水一样进门的快递而烦躁，每到换季都要收拾清理一批衣服杂物。即使家里的小衣柜旧得换了拉手、重新刷漆，她也永远将其摆放在主卧。那是她的父亲，我的姥爷，在女儿结婚时送的陪嫁，这在一九七九年的农村，是非常贵重的嫁礼。姥爷花了大部分积蓄购置这件小衣柜时，他还想象不到农村家庭将会买得起自行车，更想象不到孙辈们会开着自家的汽车带自己外出旅游。

一九九〇年的农村，物质生活好了，精神世界还不丰富。乡亲们普遍没有过生日的习惯，一般是在生日时煮碗面条、加个鸡蛋，更不要说购买又贵又不实惠的生日蛋糕——三十多块钱都够买身衣服了，一人几口就吃完还不顶饿，简直在花冤枉钱！给姥爷过生日的头几年，总有村人以半酸的、嘲讽的、羡慕的语气询问："给老爷子过生日呢？呵，还买了大蛋糕。"仿佛眨眼间，短短几年后，给老人过生日的习俗在村中蔚然成风。

妈妈和姨娘们囿于长期农村生活，限于经济条件，在吃穿出行各个方面都显落伍，她们却在无意中引领村人给老人过生日的新风尚，多少有点迫于"形势"。

农村土地包产到户后，姥爷不再担任生产队队长，到北京的一所学校烧锅炉。他每天很早起床，很晚才休息，五十多岁的他说："人老了，觉少了。"每当夕阳西下，喧哗的学校变得安静下来，姥爷就一趟趟收起各个办公室的暖壶，第二天早上又迎着朝霞，悄悄将灌满的暖壶分送到各个办公室。打水并不是一个锅炉工分内的工作，一般都由各部门年轻人负责。姥爷主动承揽了这项工作，并开心地干到离开学校为止。他认为教育者是为了祖国未来忙碌的人，干的是大事，为他们做点什么，心里踏实。这是一个普通老人用他朴素的方式在对教师表达敬意。

紧挨着锅炉房的是学校几千人的大食堂，食堂工作人员都是青年男女。看到他们，姥爷就想起家里的孩子，他像心疼自家孩子一样心疼这些年轻人。每天早上，他烧好锅炉，将锅炉房打扫干净后清扫整个院子。食堂工作人员到岗时，食堂的责任区早已经纤尘不染。食堂购置冬储的白菜、土豆，他又像个领导似的招呼："你们女的一边待着。这么点东西，我和几个小伙子一会就搬完了。"这一会儿，常常就是一个小时。

有一年冬天，食堂的下水道堵了，水溢了满地，眼见就冻出一层薄薄的冰碴。马上就到中午了，来不及找后勤维修工。刚巧姥爷经过，他脱下大衣，撸起袖子，跪在地上一点一点地掏。几个年轻的阿姨不好意思，上前拉他，要自己动手。姥爷说："你们衣服干干净净的，别弄脏了，快别过来。"二十分钟后，下水道终于通了。"你看，就一个烂白菜叶子，没冲下去，堵住了。"手冻得通红的姥爷又帮食堂的阿姨清理了院子才回去。

在那所高等教育学府里，姥爷因为吃苦耐劳获得了尊重，这个老锅炉工年年被评为先进工人。他的勤劳踏实，让他在当锅炉工的几年里，一直被学校评为后勤卫生安全单位。大家尊重他、喜爱他，甚至每年单位领导都要为他——一个锅炉工——开生日 party。姥爷满六十岁回家后，学校领导几次来家请他再干几年，领导们叹息说："现在的年轻人，心高气傲并且懒，今年的红旗又丢了。"他们走后，姥爷常常沉默地坐上半天。

一个人的高光时刻，可以是站在领奖台上被万众瞩目，可以是升任高位后挥斥方遒，可以是成为舞台 C 位收获艳羡的目光，也可以是一个普通人奉献付出并被肯定赞美的平凡岁月。姥爷念念不忘的高校生活，被浓缩成一枚生日蛋糕的奖章，点点烛光是学校领导对他工作的认可，是被太阳底下最高贵职业教师的尊重，是与各个岗位的工作人员和谐相处的舒适，是披星戴月敬业工作确保安全生产的踏实。这些，他的女儿们懂得。她们愿意拿出一个月三分之一的工资，少为自己买一件衣服，愿意购买生日蛋糕、礼物和食物，组织家庭聚会，延续这种仪式感为父亲带来的幸福。

女儿们表达感情的方式又是那样笨拙。她们给父亲过生日，带父亲去看戏，买自己没有吃过的榴梿让父亲尝鲜……在父亲的生日餐桌上，她们却羞于将生日快乐歌唱出声，嫌弃祝酒词肉麻，不肯讲述感动的事来表达感恩的心。她们只是一次次制止男人们的敬酒，有时甚至说起陈年往事让父亲尴尬。

那些陈年往事重如巨石又轻似鸿羽，不过是姥爷当生产队长时，没有推荐自己的孩子们上大学、进工厂，以至于孩子们错过一次次机会，六个孩子有五个坚守着土地，没能过上更好一点的生活。当时农村孩子的出路只有三条：通过招工进工厂，经过推荐读大学，守着土地当农民。上大学的名额凤毛麟角，招工更有把握一些，也要好几个月才有一次机会。工厂确定招工人数，乡镇将招工名额分配给每个村，再分配到生产队，每个生产队每次只有一两个名额，队长副队长研究后确定将名额给谁。每次有征召的机会姥爷都把名额给困难家庭的孩子，把自家也是初、高中毕业的孩子排在最后。这件事重如巨石，因为关系一个人一生的走向；轻似鸿羽，因为这是那个年代村干部的寻常操作。女儿们难免会抱怨父亲的先人后己，可她们终于活成了父亲的样子，纯朴、简单、快乐，大声地说笑，用心地做人，勤勤恳恳做事，真诚地热爱这个世界。

姥爷去世后，每年秋收，女儿们再次聚到一起，反而会聊起曾经的感动：姥爷参加修建密云水库，每顿饭每个工人有三个大馒头，他一两个月才能回一趟家，回家那周每顿饭他只吃一个白馒头，攒够一布袋背回来给孩子们吃；姥姥死后，姥爷没有续弦，又当爷爷又当奶奶，照顾孙女、孙子，还会抽空偷偷下地干活帮衬儿女，怎么说都不改；姥爷从不在外人面前说女儿女婿的不是，即使有做得不到的地方也会隐忍过去……原来曾经的点点滴滴，她们都记着，爱与被爱都深深地藏在心里，变成精神的养料，滋养着幸福之树依旧苍翠。

学贵得师

我第一次听到"王升山"这个名字，是在北京市延庆区作家协会举办的年会上。王升山以北京作家协会驻会副主席的身份参会，并对延庆作家的创作进行了点评。当时，在我的心里，"王升山"这位带有距离感的领导，却是作家林遥口中亲切的"老师"："升山老师是位厚道人，他特别关心北京郊区的基层作家和基层作者，如果没有王老师的帮助，我写不出来，更走不出去。"

王升山老师一九七九年参加工作，一九九〇年调入北京作协，三十年来，一直致力于培养北京地区文学发展的后备力量，更为基层作家搭建平台，为他们的创作发展提供机会。在他的心中装着北京文学，更装着北京作家，正如林遥所说："北京的作家就没有他不熟悉的。"

我想："什么时候我也能成为作家，被王老师认识啊!"机会说来就来。二〇一九年九月，我有幸参加老舍文学院第三届中青年作家高级研讨班，又重新当回学生，学习散文写作。

王升山老师当时已经从北京作协副主席的领导岗位上退休，志愿来到老舍文学院，给我们这些学员当带班老师。在短短两周的幸福时光里，我们与王老师朝夕相处，也让我深刻地认识到"老师"的"魔力"。

"老师"真是一个有魔法的词！当你亲切喊出"老师"时，双方的关系，瞬间贴近，仿佛神话故事里的"缩地成寸"，不经意的一个跨步，就走进彼此的内心。

师者，传道、授业、解惑也。十五天的学习中，我时刻能够感受到王升山老师教诲中所包含的期望，宛若汩汩不舍昼夜流淌的清泉，悉心浇灌翠绿的新苗。在主讲老师的课程之外，他掌握所有碎片时间，向学生们传递写作知识、学习方法。

两周时间，二十四名学生，三十三场课程，学生性格、兴趣、背景迥然有异，这样短暂的时间，这样密集的知识，这样多角度的观点，学生们能否快速掌握？写作水平能否通过这次充电，真正提升档次？王老师其实比我们还要着急。

"谁知道'辞章'是什么意思？孙郁老师反复提到'辞章'，说明这个词非常重要。你们不知道，却没有人问，也没有人查！怎么学习？首在学习态度，要真学才能真懂！"

孙郁老师是中国人民大学文学院院长，长期从事鲁迅和现当代文学研究，他的课程结束后，王升山老师迫不及待地问大家，言下之意，两分遗憾，三分不满，倒有五分是急切。王老师先解读了"辞章"的含义，继而阐释了他在这堂讲座的收获。

这时候，他的语速很快，身体前倾，目光热烈，手指不停地敲打着桌面。

座位上的我低下了头。我们文过饰非，王老师一针见血。

老舍文学院请来的老师都是著名作家和重量级理论专家，但是写散文的人泰半腼腆，像乖乖的小学生，以为尊敬老师，就应该站定、敬礼，然后鞠躬，让老师先行，面对久仰的老师，内心充满崇拜，却不敢上前。王老师急了，中午吃饭的时候招呼我们："你们怎么那么傻啊！人们聊天时点拨你一句，够你自己学好几个月的。"

操心至极的话，真的拿我们当成了自己的孩子。这也一下戳中了我的短板，我在工作和学习方面，一直有一道无法跨越的鸿沟：因为害怕露怯，所以不敢张口请教。其实某些道理在专家那里是常识，对初学者反而是看不透的迷雾。只有大胆求教，老师才会告诉你，被什么遮蔽了眼睛。

王老师不仅为我们总结课程，他也亲自上课。他的课不讲理论，而是逐句拆解文章，将如何突破散文语言困境的秘密，讲给大家："文章中最有灵性的是动词，动词带心，心随之动。""写别人不知道的，写别人没写过的，在思想上翻新。"……他降维指导，把写作知识，变成朴实的话语。

两周的时间里，他通过课堂学习、实际写作、逐篇点评的训练方式，带领我们螺旋上升，引导我们步步突破。六个晚上，六次点评，王老师每次都提前通读全班的练笔作业，逐一指出优缺点及修改方向。他告诉我们，要抛弃掉原来的写作习惯，结合学到的知识真诚地表达；他对比我们观察后和采访后写出的文字，让我们自己去体味文字背后隐藏着的多元感情。

我们到附近的村庄采访，面对陌生人，我总不敢主动说话。王老师说："不与人交流，怎么能写出深入人心的文章？你看到的，永远只是表层！与人沟通，其实很简单，张开嘴说话就好了。"王老师亲自示范，主动与村里人打招呼，在闲谈中提问题，教我如何打破沟通的屏障。

他比我们更盼着我们早日破茧成蝶。

师生，其实是天然的亲人。

王老师每天谈笑风生、步伐稳健，仿佛有用不完的精力，其实他血糖高，腿也曾经做过手术，不能过于劳累，但是他一直陪伴我们，白天从上午九点到下午五点，两堂大讲座；晚上从七点到九点，点评作业或者外出采访。

密集的课程，让我们这些年轻人都感到吃力，可想而知王老师的辛苦。

毕业半年后，老舍文学院组织创作点评会，请来国内著名期刊的编辑点评我们的作品。点评结束后，王老师说："编辑的话专业高深，如果你们没听明白，或者不知道应该具体怎么改，可以随时给我打电话。"

这次我没有犹豫，致电王老师。王老师当时正在哄孙子，却急忙钻进书房，给我详细讲解，通话持续了一个多小时。

我相信，其他同学也同样会给王老师打电话请教。不知我们的一个小时又一个小时，在王老师那里，会累积成怎样巨大的时间成本。

学贵得师，犹行路之有导也，身为一名基层作者，能够得遇王升山这样的良师，何其有幸！

春风育桃李

看女儿期末考试成绩分析报告，我以为自己眼花了："你的政治提高了二十分？在年级排名上升了三百三十三名？"

"对呀！"

"不是没报课外班吗？"

"是啊，我开始喜欢政治了。"

女儿在初中的时候，不喜欢政治、历史和地理。当时刚接触这三门课程，她一下入不了门，成绩上不去，情绪上有抵触，学习属于生吞活剥。初三有幸考入区一中"1+3"实验班。区一中为实验班的孩子安排最好的老师授课，鼓励孩子们上课提问，课后问问题，每天晚自习由各科老师随时进行答疑。孩子的政治、历史和地理成绩都稳步提升。

在家长会上，班主任说："我们鼓励孩子有问题问老师，我们随时在办公室等待孩子们提问。如果问同学，只能得到这一道题的答案；如果问老师，老师会详细讲解解题思路，将相关知识点串起来进行解答，并在答疑过程中发现孩子的薄弱环节有针对性地进行辅导。"

　　我们已经工作的人都明白，普遍性宣传活动容易搞，现成材料讲解清楚就好了；个性化宣传辅导特别难，因为要为了一个人、一件事耗费大量时间和精力，要详细分析个案，拿不准的地方请示业务主管部门，在沟通过程中可能会出现各种障碍影响成效。我想老师也是一样，做一份教案可以给几个班授课，而有针对性地解答每个孩子的问题，等于专门为每一个孩子做了一个小教案。单科老师带六个班，那是几百个孩子啊，多么大的工作量！我很感动，我觉得老师们是真的把孩子们当成自己家的孩子，替孩子们着急，拉着孩子们努力往前跑。

　　孩子现在的政治老师王宗林，在二十多年前教过我政治。那时候王老师就是把我们当成自己家的孩子，努力教课，并关心每一个孩子的未来。一九九五年我参加中考，考前报志愿，王老师特意对我说："以你的成绩，一定要报高中上大学，未来，知识最重要。"王老师以政治老师的敏锐眼光，看到中国经济发展即将开上"高速路"，未来社会对人才有更大需求也有更高要求，读大学能学到更多知识，大学文凭能够直接佐证个人学识。王老师告诉了我对的选择，但我是农村孩子，当时农村孩子多半选择报考中专，以解决农转非的户口，还是选择了读中专。多年后我的第一学历成为软肋，我也常常想起他说的话："好好学习，读大学！"以及他没有说出来的话："目光要长远！"

　　离开初中校园，我读书、就业、结婚、生子，二十年光阴转瞬即逝。这些年里，王老师教出一批又一批学生，早已桃李遍天下，门下自成蹊。如今他又成为我孩子的政治老师，对孩子继续关爱有加。王老师已经快退休了，而且学校也没有要求每科老师必须每天晚上都到校答疑，但是他依旧坚持每天晚自习到办公室，等着遇到难题的孩子们来提问。有的时候，孩子们也会问到一些很难的题，王老师如果没有把握给出准确答案，就会直言不讳地告诉大家自己拿不准，需要回去思考查资料，毫无偶像包袱。第二天他会兴奋地找到提问的同学，告知标准答案及解题思路。

王老师把孩子们当朋友，理解孩子们，办公室总会备一点零食，以防孩子们饥饿，还会主动约孩子们打羽毛球，运动时聊聊心情和学习。王老师还喜欢写诗，遇到时政要闻，他写诗抒发感情，满怀激情地告诉孩子们，这是我们的新时代。

女儿坚持考前先复习政治，要不然觉得对不起王老师。她说："王老师特可爱！"

期末考试前，女儿的政治测试卷子丢了，第二天就要考政治，测试卷子上面的题都需要重点复习，上面的错题她都做了标注。她去了办公室，不知道怎么开口，突然就哭了。这件事如果发生在我们母女之间，我会指责她："既然对你这么重要为什么不收好？为什么要因为你的责任浪费我的时间？"王老师问清缘由，拿出糖给她吃，等她平复情绪，重新打印了一份卷子，让她再做一遍，然后专门给她判卷，对做错的题当场讲解。

老师反而比妈妈更能体谅孩子，以平静的心态平等的姿态与孩子交往，对于孩子的错误给予更多的包容。信任、理解与支持，也许是激发孩子学习自主性最好的催化剂。

雅斯贝尔斯在《什么是教育》一书中说："教育就是一棵树摇动一棵树，一朵云推动一朵云，一个灵魂唤醒另一个灵魂。"同一个老师，用实际言行影响着我们母女两代人。

匆匆岁月

第一排

"typewriter，这个词的所有字母都在键盘的第一排。"

一边读这句话，我一边下意识地在电脑上敲下这个单词，果然，全部字母都位于第一排。

多么有趣，看到这串字母时，我并不能确定它们的位置，却可以盲打验证其属实。

亚里士多德说："那些每天反复做的事情造就了我们。然后你会发现，优秀不是一种行为，而是一种习惯。"盲打成为我"随身携带"的技能，始于读书时期，成于工作环境。

一九九六年，我们学校开设了计算机课。当时的计算机是高端设备，计算机专业是热门专业，程序员毕业就能高薪入职大企业。学校的机房有专人管理，要求恒温恒湿无尘，铺着高出地面十公分的木地板防潮。进入机房需要换鞋，有的机房提供一次性白色拖鞋，有的提供可反复清洗的布鞋套。参加计算机等级考试时，无数批考生络绎不绝地进入考场，拖鞋或布鞋套数量有限，反复清洗消毒使用不现实，为减少机房落尘，举办方只得提供一次性塑料鞋套。

我们是财税专业，学习计算机不是为了成为程序员，而是为了工作应用。老师说："以后写材料、做会计账务都要在计算机上操作，你们不好好学没法工作。"我们是不信的，认为老师就是为了督促我们学习才危言耸听。我妈就是会计，从总账到明细账，全都一笔一笔记在画着专业横线的账册上；学校的考卷和学生会主办的文学刊物都是油印的；学校活动中老师同学一律拿着手写演讲稿上台发言。以后都用电脑，难道我妈学不会 DOS 语言就不能当会计了？难道我们上台发言不是站着，而是主席台上放台电脑，对着屏幕念稿？年少的我近视而固执。就像我不知道自己以后会做什么一样，我不知道电脑能够做什么。

我们使用的电脑是 586 电脑，白色的大脑袋显示器，像一个仰着脸的大头娃娃，还蛮可爱的。第三年换成全套黑色的电脑，不叫 686，变成了奔腾或者联想。我们这届学生没怎么享受新电脑，我们开始实习了。实习前半年，我在一个企业跑销售；实习后半年，我进入某单位内勤岗。那时是民用电脑起步时期，也是电脑飞速发展的时代，短短一年没接触电脑，单位的电脑已经比我读书时先进太多。感觉电脑就像亲戚家的小孩，对他的记忆还停留在给他做满月，突然人家就玉树临风，带着女朋友回家结婚生子了。使用电脑登录工作系统，我震惊于输入简单指令条件，上万条信息瞬间完成分类汇总。转眼到了年底，上级要求当年个人总结上报电子稿，单位同事年龄偏大，打字停留在对着键盘一个个敲字符的阶段，自然由我这个唯一的年轻人，负责将全部门人员的总结打印为文字稿。再以后，电脑成为工作标配，无论年龄长幼，停电断网都不会干活。

时代浪潮奔涌，闪耀登场的时尚转眼落伍，被新的技术取代。"typewriter——打字机"曾经位于时代前沿。在老电影中，伴随着键盘清脆的敲击声，我们常会看到打字机上一张白纸逐渐布满铅字，然后画面切换，时局因打字机敲出的这些字而改变。比如在《至暗时刻》中，新来的女秘书紧张敲击键盘的声音，衬托得英国首相丘吉尔将战斗到底的宣言更显铿锵有力。一八〇八年七月佩莱里尼·图里发明打字机，这台神奇的机器更新了人类写字的方式，开启了新的文化进程。打字机先后经历过机械、电机、电子阶段，个头也从笨重变为精巧直至消失。它的辉煌不到二百年时间，就被电脑逼迫摘下王冠。如今，几乎所有行业的大部分业务都在电脑上操作。在会计行业，曾经位于办公第一排的工具——大黑算盘——也被淘汰，成为博物馆里的展品，曾经的高科技电脑被推到第一排，成为每个普通人都能熟练操作的必备办公设备；会计记账有可自动汇总的记账软件、申报使用电子税务局即时办结，向老总汇报也要按照规范标准打印材料或制作 PPT。

一九九六年的电脑使用很复杂，能实现的功能很基础。电脑操作使用 DOS 语言，CD 进入游戏目录，play 执行游戏，有个 TT 软件，练习打英文，需要执行编制的程序才能对数字进行统计汇总等操作。我们的计算机课内容之一就是编制简单的小程序，如果想要拥有更强大的编程能力，可以自学 C

语言、C++那些专业的编程课程。面对黑色屏幕上跳出来的英文字母，我的脑袋是蒙的，确认自己没有学习高级编程的能力，不再考虑攻克计算机三级，目标放低为取得二级等级考试证书。我当时积极考取各种证书：计算机等级证书、珠算等级证书、会计证书……这些证书是向用人单位证明自己"合格"的凭证。

年轻的孩子们，天然喜好新奇与挑战，当时的电脑代表时代前沿的科技，又是我们平时碰不到的稀罕物，因此同学们都很喜欢计算机实操课。计算机课程围绕考级进行，按照考级内容学习书本知识，然后到机房实际操作。到机房上实操课相对轻松，大家完成老师布置的课业任务后自由练习。在自由练习时间里，有人玩游戏，有人看网页，有人练操作。我们用586电脑常玩的小游戏是纸牌、扫雷。据说有动作游戏和射击游戏，我忘记了，即使有，游戏体验也不好。那时我玩游戏用的是黄卡带的小霸王学习机，一个卡带里有几十款游戏。那时还没有微博和论坛，上网流行上sohu，看新闻。对当年的我们来说，网上的新闻是看见广阔新奇世界的窗口。

我喜欢在自主时间练习打字。计算机一级考试要求在一分钟内打多少字（具体标准忘记了）。我练习打字，为了应对考试拿到证书，更因为喜欢手写文字变成标准电脑字体的感觉。我写日记，偶尔写首小诗或短文，还喜欢摘抄名人名言、古诗新诗以及歌词。分门别类的笔记本竟有厚厚一摞，本的大小薄厚参差，纸面上的字迹歪七扭八惨不忍睹。word让我眼前一亮，干净整洁方便修改，并且易于查找，一幅小屏幕，存储天下事。

我想将所有摘抄和日记都存到 word 里去。以我当时对着键盘一个个敲击的速度来说，完成这个计划简直遥不可及。想要实现愿望，路径只剩下一个：加强练习，提高打字速度。计算机实操课较少，非课时不能进入机房，但这难不倒我，练习打字速度不就是练习敲击键盘吗？不需要真的有字显示在屏幕上啊。我买了纸键盘练习，纸键盘坏得快，又买了塑料材质的平面键盘练习。练习了多久实现盲打呢，三个月？半年？总之没有超过一年。很多我们以为难以完成的愿望，简简单单地开始，持之以恒地干下去，不知不觉间就实现了。工作后写总结、做调研全部在电脑上操作，因此我一直没丢掉盲打的技能。打字成为工作生活的一部分，悄悄刻入大脑自动运转区，眼睛读取任意单词，同一时间，手自然敲在相应位置，就像一只候鸟，感受到气候变化，自然而然张开翅膀，沿着既定的路线迁徙。

没有想到的是，我自己本身也是一片海，随着成长，身体内部也有浪潮涌动。潮汐反复，闪亮的不只是浪花，还有梦想的光华。如果把梦想假设为珠宝箱中珍藏的洁白贝壳，我的海浪涌动，总是将新的贝壳推上沙滩，呈现在我眼前第一排的贝壳，一直在变化。我一边捡拾一边丢弃，我的珠宝箱小，只能收集最好的那一枚，这一枚的名字是写作。

我对写作，经历了从"爱好"到"梦想"的变化。

有过很多爱好，写作是其中之一。少年时喜欢读书，由于当时所处的环境，除了课本几乎没有课外书，所以各种书都读，曾经因为邻居妹妹不肯将童话书借给我，赌气不与她说话，也曾经读过半本小说，至今不知道书名。杂七杂八读了些书，我又是一个容易冲动爱表达的人，于是当情感激荡，便自然地将心事、感动、愤怒等情绪诉诸笔端，写出的文字有的存入日记，有的投给报社。情绪写作最大的问题就是无视标准且后继乏力，我的文字刊登频率下降时，正值生活焦头烂额之际，于是放下了笔。现在回想很是可惜，总会假设如果当年坚持写下去是否会与现在的自己形成强烈对比？

如果只能是如果，我们总要继续向前去。二〇一六年，延庆区作家协会成立，我成为第一批会员，二〇二二年，有幸加入北京作家协会。我曾读过第八届鲁奖获奖作品《在阿吾斯奇》：南疆军区殷营长的弟弟，原本立志靠武术技能发财，在哥哥劝说下参军，过上了艰苦危险的部队生活，可是弟弟说"以前在少林寺，觉得社会上和他（弟弟自己）一样的人多。来了部队才觉得和他哥一样的人多"。也许，这就是加入作协对我的影响：找到志同道合的战友，看见共同渴慕的光明。

二〇一九年参加老舍文学院散文高研班，经过为期半个月的系统化的脱产培训，让我明白好文章的标准，找到写好文章的路径，更让我看到自己的文字与"好"之间的鸿沟。目标清晰，路径明确，并不一定就能抵达。回到延庆，为了填补那条"鸿沟"，在作家林遥——也是多年的朋友——大力支持下，我们四个志同道合的朋友，成立写作小组，订购文学期刊，定期共读、分析、模仿，每周练笔、点评、修改作品。

刚刚参加写作小组的时候，我很颓废，我觉得自己的文字全是毛病，处处不如人。林遥急了，对我也是对我们三个说："你写不了老温要写的内容，他同样写不了你的。每个人优势不同。你们要相信自己可以！"写作的问题只有在写作中才能解决，我在纠正写作中的毛病时发现，这些毛病同样出现在我的生活和工作中，解决写作问题的过程同时帮助我解决了性格中的弱点。

哪怕路途坎坷布满荆棘，我们愿意为了梦想阔步前行；哪怕无法收获鲜花与掌声，我们愿意一直在奔赴梦想的路上！此时，我知道，写作不再仅仅是爱好，而是变成了梦想，执着追求无怨无悔的梦想。因为在写作的路上，我正在变成我喜欢的模样。

所有字母都在键盘的第一排的单词"typewriter"，由"type"和"writer"组合而成。"type"作为名词时是某类人、铅字、字体、标记等意思，作为动词有用打字机打字、预示等含义。"writer"是名词，指专业作家、撰写人、擅长写作者、文书、作曲家、律师。少年时，我第一排的梦想是拿到各种证书，找到好工作，刻苦练习"type"，那时的梦想因为"我应该"。多年后，我的梦想是成为"writer"，写出好的文字，出版印着自己名字的书，我想成为有价值的自己。

我没有想到，我曾经刻苦练习"type"会与今天的梦想"writer"息息相关。仿佛冥冥中的天意，将两根毫无关联的链条绞在一起。也许，在我很小的时候，我心灵的土壤里就种下了对文字的热爱，所以才会在少年时喜欢摘抄，青年时喜欢书写。或者当时撒下了无数的种子，只有一些顶破土，其中的一小部分长成苗，我不停浇灌的只有"writer"这一株，它才悄悄长成梦想的树，卓乎不群，稳稳地扎根在第一排。

童谣年代

六年级的时候，我最好的朋友是芬和红。

想起和她俩的友谊，我总会情不自禁地微笑。

我也不知道为什么那时候我们会那么好。我们是三个性格完全不同的人。少女时的芬略胖，她说因为小时候生病住院，吃了很多含激素的药，变胖后一直减不掉。她的妹妹确实很瘦，她的父母也都很瘦，理论上讲她应该是易瘦体质。现在回想，只有少年时代会向好朋友解释所有事情，好朋友会天然地相信朋友所有的话，并且大家都觉得解释与相信对彼此非常重要。高年级学长中最淘气的男生是芬同村的亲戚，所以芬像个社会上的大姐大，仗义豪爽，自带一股霸气。红却是那种传统的女孩子，听话的乖孩子，爱做女红，针线、烧菜、打扫、游戏、学习全部是一等一地好，笑起来小圆脸上两个酒窝，甜蜜可爱。我是什么样子的呢？真的忘记了，只记得贪玩，又哪样都玩不好，跳皮筋如果不是红带着我，估计我一直是撑皮筋的，踢毽子人家连着踢一百多，我十几个就掉了。

我们课下形影不离，一起去小商店买东西，谁兜里有钱谁花，买一袋零食共同分享。一起上厕所，只要有人提出号召，必定立即响应，哪怕并没有上厕所的需求，也要等在厕所门口聊天。那时候怎么会有那么多的话呢！上课偷偷传纸条，下课嘴不闲着，周末也约定时间，骑好几十分钟自行车，聚到一起玩。当时还没有双休日、五一、十一长假这样的概念，每周只休周日，父母工作日上班，周末要忙庄稼地里的活计，我们三个都不是独生子女，照顾弟妹的任务自然推不掉。为了能够在一起，我们瞒着大人偷偷带着弟妹出去玩，晚上在父母回家之前赶回家，假装很乖。有一次带着妹妹骑车十多公里去龙庆峡玩了一天，妹妹还踩脱了浮桥上的木板，湿了鞋袜，回到家天已经黑透，可把父母吓坏了。

我真想不明白，她们为什么和我玩。她们两人有个共同点就是唱歌好听。我唱歌不仅不好听，而且很难听，唱出来的每个字都不在调子上。"真是难为你，跑调跑得没一个音是对的，你可怎么做到的？""同一首歌，你每次跑调跟上次都不一样，真是神奇。"就好比学生蒙着眼考试，所有题都不会，凭心情选答案也能考个二十来分，每道题都选中错的答案，这概率相当于中五百万元。我不会唱歌，却总是参加大合唱。当年我身量高，长发乌黑，脸庞干净没有痘，五月鲜花大合唱，老师总会选我站在后排，但每次都千叮咛万嘱咐："只张嘴就好，不要出声。"因为只要我一出声，整个团队就跟着我跑向四面八方了，追都追不回来。在我心里，嗓音好不跑调还能快速学会新歌的词曲，让人羡慕到嫉妒。

芬的声音嘹亮，红的声线柔美。放学后，晚霞映红了校园围墙外的一排杨树，那么密的树叶啊，在火红与暗绿之间闪闪地变换。我们坐在班级门口的台阶上，芬一张口，整个校园都静下来，树上的小鸟和草里的鸣虫都在听。她的声音清脆，每个音符都像一个欢笑的孩子，有着让人快乐的力量。我们的家乡话比普通话生硬，但只要唱起歌来，芬就是一口正宗的普通话，吐字发音与平常完全不一样。她喜欢节奏快、有力量的歌曲，也喜欢学习港台流行歌曲。唱那些港台歌曲不能伸直舌头，那些拗口的歌词，从别的同学嘴里跑出来听上去怪怪的，她唱出来却好像用的是原生语言。红则喜欢唱低沉柔缓的老歌，我总觉得她的音色像书中写到的贵族家庭的小姐，自带一种别样的温柔，直抵内心。

我听到入迷。不知什么时候，班主任也推着自行车静静聆听。一首歌结束，班主任的掌声让我们注意到她的存在。班主任是红的堂姐，和红同住在学校往东几公里的村庄。她刚刚毕业，大大的眼睛白皙的皮肤，蓬松的齐肩短发，言谈举止跟年长的老师们不一样，爱穿漂亮裙子，说话温柔，从不骂人。她教主科语文，同时教副科音乐，经常会说一些我们不太懂的句子，更让人觉得神秘优雅。芬和红的音乐课都是最高分，我的及格是因为学习态度端正，老师照顾了成绩。好在我和红的语文成绩都很好，所以我们都是老师心爱的学生。

就像她们理解不了我为什么唱歌跑调，我也理解不了她们唱歌为什么那么好听。在我心中，学习成绩好根本不能弥补唱歌跑调的遗憾，越是唱不了就越是羡慕，更何况少年热爱仰望高处，身着华服站在舞台中央的少女，就是乡村女孩眼中光彩耀目的明星。

长大后偶然听到一种说法，大约有百分之十的人先天五音不全，唱歌跑调。还有研究证明，唱歌跑调与大脑回路缺陷相关，一种被称为弓状束的神经纤维连接大脑中知觉和运动区域，研究人员推测弓状束分支完全缺失或者变形，直接影响发声的准确程度。

人生不过是一个为了梦想不断努力的过程，多少人耗尽一生都不能找到属于自己的方向。我羡慕她们一出生便握住音乐的天赋，而我大脑深处那组叫作弓状束的神经纤维，在我第一声哭泣的时候，就开始强调自己存在缺失，缺失原因未知。

"天都黑了，红跟我一起走吧。你们也该回家了，路上小心一点。"班主任的声音与红有着同样的温柔。芬家与学校只隔着一条街，我也赶快骑车回家，在村口她们往东，我往西。晚风将年轻老师的半句话带给我："可惜了。""为什么？"红在问，我也疑惑，但后面的话，风没有带给我。

初三那年，我转学到县城读书，我原本的成绩让我引以为豪，到了县城却排在班级中间偏后的位置，尤其是英语，发音不准，每次读课文都像开了相声课。新的班主任教英语，课后经常帮我补课，从 ABCD 开始教起。

那时候普通家庭没有电话，更不要说手机、微信，我们三个女孩子之间的联系全靠鸿雁传书。随着课业繁重，信件沟通慢慢减少，直至归于沉寂。

我在的班级是音乐特长班，每个孩子都会一样乐器，课后她们骄傲地拎着或大或小的乐器盒，从不同的班级走出，组成新的团队，再走进不同的兴趣教室。

"哎呀，你不学乐器多好啊，我们从三年级就开始每天练习，可累了，可烦了。你看手上的茧子。"

"听说你们中考还能加分呢？"

"我妈让我学特长就是为了中考加分，要不然我就学跳舞了。"

"我要是唱歌不跑调多好啊，也学个乐器，几分对于中考很关键呢。"

"是啊，不过，你要是从小在县城，也能学个乐器，小提琴班上好几个同学，唱歌那叫一个没调。"

新朋友声音清亮，像芬一样有着极快的语速。她对课外班半真半假的厌倦让我羡慕。短短十几公里的城乡距离，就像银河分开牛郎织女，划开了城市与农村的距离。长到初三的我，第一次听说读书之外还有课外班，孩子可以从小锻炼一项教科书以外的技能。农村的芬和红有着让我钦羡的天分，一首新的歌曲只要听两遍，她们就能模仿得如同原唱，却因为这短短的十几公里距离，终于没能在最好的年华打牢根基，错过了追逐梦想的关键步骤：明了细微的差距，反复锤炼技能，奠定理论基础。

我很想写信问一问红，她的堂姐、我小学时年轻的班主任，跟她说的可惜，是不是我今天懂得的这个意思。

　　我曾经以为我们三个一辈子都会像六年级那么好，我也曾经以为日子像校园四周那么密的树叶，会有数不清的相聚，直到后来我才懂得，分离才是四季轮回的真谛，我们这些小小的种子，被风吹落在不同的土地上，扎根生长，遥遥相望。时间具有非凡的魔力，几年之后，红成了一名人民教师，我进入公务员队伍，而芬干过很多不同的职业。我们各自忙碌，渐行渐远，逐渐失去联系。

　　兜兜转转，一次偶然相遇，已经为人父母的我们互换手机号，互加微信。多少年分别在不同的路上，重新相聚，感情激荡，共同话题却少之又少。那些讲过的故事、唱过的童谣、写过的纸条，都如同秋天校园里的树叶飘散在风里。曾经纯真懵懂的岁月，曾经明知跑调也要一起唱歌的挚友，变成记忆的碎片，无比真实又无比模糊。成长意味着不断失去，不同的经历把我们雕刻成不同的样貌，那个简单纯粹懵懂的童谣年代，我们注定回不去了。

　　很多话语再难开启，但在童谣年代种下的友谊之树永远青翠挺拔。我们默默地惦念、关心着对方。更多的时候，我会关注她们的微信，我发了朋友圈也很快能看到她们的点赞。芬的儿子喜欢篮球，红的女儿热爱音乐。孩子们在不同的学校，现在，这些学校都会将第八节课列为孩子们自由选择的兴趣课。芬和红偶尔会发聚餐、唱歌的音频照片，更多的是秀孩子的演出、画作、比赛，分享诗词摄影的网络课件，还有转发鸡汤文等公众号。

　　我看到孩子们的照片和视频，看着那些稚嫩得仿佛她们昨日的纯真笑脸，忽然想哭。这种情绪不是为了我们失去的青春和没能追上的梦想生发的伤感，而是踏实的幸福：时代的发展、新技术的广泛应用，让不管距离多远的城乡都能无限接近，让不管多小的天分都能得到释放，让所有人的梦想都有机会闪烁同样的光芒。

隐形的翅膀

"闺女，你以后跟妈妈一起上网学习吧，现在上线了中小学素质课，都是名校名师授课的视频哦！"

我控制不住自己的激动。虽说是要孩子跟我一起利用平台资源听名师讲课，实际上我却是想要通过与孩子一起学习，给自己的童年补课。

小时候家住在农村，学校只教书本上的知识，课余时间就是玩耍，田野里、小河边、山坡上，都留下我们无数的欢笑。你可能会羡慕我们童年的自由自在，可是我的心知道，我是多么羡慕城里孩子能够上各种各样的课外班。我初中转到县城读书的时候，我的英语很差，老师说我的英语水平还不如小学的孩子，是啊，当时城里孩子四年级学英语，农村初一才上英语课。我工作之后，单位组织乒乓球、羽毛球、篮球等比赛，联欢会上同事们唱歌、跳舞、弹古筝……她们是被关注的焦点，我每次只负责鼓掌。蓦然发现，从小玩到大的我，如今不用再考试了，却不会玩了。年轻的同事抱怨小时候每天一小时的钢琴练到吐，我只能笑笑不说话，把嫉妒压在心底，我真想告诉她们："你们可知道，你们有那么多机会培养自己的爱好，提升素质，那些课外班，你们不喜欢可以不学，选择的权力握在你们的手里。而多少农村孩子，有着同样的天分，却因没有机会而荒废了时间。"

读中专的时候，读路遥的小说《平凡的世界》，里面写道：一九六五年，品学兼优的十三岁少年孙少安，读完高小却再也不能去读初中了。他理解家庭的难处，他对父亲说："一定要把少平和兰香的书供成，挣命供他们吧！"他说："不过，爸爸，我只是想进一回初中的考场；我要给村里村外的人证明，我不上中学，不是因为我考不上！"父亲在他面前抱住头痛哭流涕。他第一次看到刚强的父亲在他面前流泪。他自己也哭了。

这痛哭的场面和我的青春重叠在一起，清晰如在眼前，压迫得我喘不上气来。初三时我要报高中，妈妈却要求我报中专。电话里母女争执，我的泪水泛滥成河。

明知无望，我还是咬着牙熬夜复习，我要让她看看，也让同学看看，我能够考上，只是没有机会念。

"最终，孙少安参加了全县升初中的统一考试。在全县几千名考生中，他名列第三被录取了。从此便心平气和地开始了自己的农民生涯，并且决心要在双水村做一个出众的庄稼人。"

我也最终以高出区重点高中录取线的成绩，考上了委培的中专学校，从此安心地沿着命运的轨迹一路前行。是啊，一路前行，学历和能力却成为前行路上的阻碍。我工作努力，得到领导和同事的认可，却被一个学历卡住不能提拔，那种委屈无法说与人听。年轻的研究生同事，大学不是本行业的专业，工作上手却超快，她们说知识都是相通的，不过是用学来的思维方式破题，我心里的憋屈也不能说与人听。

我曾经向爷爷抱怨妈妈的霸道，爷爷却说："孩子，知足吧，你一出生就已经改革开放，家里不愁吃不愁穿，有钱供你读书。我小的时候，地主家的孩子读私塾，我去赶马车，新中国成立后参加扫盲班才认识几个字，会写自己的名字。你要是生活在旧社会，别说读书，估计早当童养媳受罪去了。"

我知道爷爷是对的，但眼泪还是控制不住。

"你妈是为你好，上高中要是考不出去怎么办？人家城里的孩子有城市户口，还能进企业上班，你呢，只能收拾书包回家，生孩子种地！"爷爷继续劝我。

高考摒弃了权力、出身和人际关系的干扰，让落后地区的孩子有机会走出家乡，接触外面的世界。一九七七年，党中央决定恢复高考，尽管当年仅仅选拔二十七万人，却激活了几千万人的内心波澜；尽管当年高考录取率只有百分之四点八，五百七十万考生中绝大多数没能考上大学，可高考的恢复使每一个人可以有做大学梦的权利和上大学的希望。

高考是少年通关的独木桥，是农村孩子跳出农村的唯一机会——若是成功便获得更高质量的教育，走上更宽广的人生舞台，若是失败便延续原来的路。

我常常想，如果我晚生几年，我的初升高在一九九九年之后该有多好。一九九九年全国高校扩招，我考上大学的概率将大大增加，也许我就能不纠结于户口问题，按部就班地读高中念大学，开启不一样的人生。

小学课本中的高玉宝愤怒地喊出我要读书，岸英、岸青想买一本字典，好几个月省吃俭用攒够了钱，字典却涨价了没买成。读书曾经是少数人的权利，而今天，读书已经成为所有孩子的日常。我知道，我已经无比幸福，却依然耿耿于怀：为什么城市的孩子和农村的孩子在学习资源上要有这样大的差距？

随着时间的推移，农村与城市、发达地区与贫困地区教育资源差距逐年缩小，山区的孩子可以通过视频直接观看优秀老师的课，农村的孩子也可以根据不同兴趣选择校园课后服务，网上双师解答让全国的孩子都能请教同一位老师……一根网线为渴望获取知识的孩子安上一双隐形的翅膀。

二〇一三年，好友聚会，艳波推荐我下载某听书 APP："我用它学历史，晚上给儿子播放睡前故事，可省事了。而且多数资源都是免费的。"如同发现了新大陆，当天晚上我沉迷于探索听书 APP，音乐、评书、故事、诗词、小说……一口气订阅了一百多个专题。使用听书 APP 一段时间后，我开始不满足，如果有分专业系统授课的课件就好了。于是上网搜索，发现已经有了很多网络公益教育平台，文史哲无所不包、数理化无所不有，而且都是高校名师课程讲座，免费提供大量涉及面广、专业性强的课程教材，满足了每一个人多样化、自主化、便捷化的学习需求。我不能重新走进大学校园系统学习，但是通过网上平台，我认真地学习了《红楼梦》解读、诗歌写作、世界文明史、外国文学鉴赏等单类大学课程，在学习中探寻思想和心灵的远方，也算是为逝去的青春圆梦。

故园草木长

很久很久以前，我们住在农村的大房子里。

很久很久和大房子，都是被记忆修饰过的心理感受。所谓很久以前不过是二十多年前，我少年的时候。相较于祖辈们几代人居住在同一座老屋的光阴，父母房屋改善得过于频繁：结婚后批地盖房，十几年后到县城买房，孩子大了自己老了，为了上下楼方便再次换房。我说的大房子，是指父母结婚后建设起的小小院落，四间平房。

记忆中村里的平房是崭新的，宽敞明亮，布局合理舒适，保存着我美好的少年时光。其实真折算房屋可用面积，跟现在住的楼房差不多。农村的房子一间一间连成一长排，面对着方方正正的小院，显得格外大。楼房如拼七巧板，大大小小组合成方方正正的一块，显得局促。

父母在二十世纪八十年代初申请的宅基地，位于村子东头。村东头都是同一时期新批宅基地盖起的新房，一排排房子连成线，整整齐齐，每一家几乎同样大小的面积，北房尖顶，东房平顶，红院墙红屋顶，整整齐齐，鲜艳喜气。新房盖起来之前，父母和奶奶、叔叔、姑姑一大家子住在村中央位置的老宅子。村中央的房子都是老房子，年代久远，但面积大，很多人家都是前后两进院子。老宅区域多半都是灰色的屋瓦，感觉憋闷，有的房子已存在了几十年，屋顶生长着褐绿色的瓦松，甚至有塌陷处。有的人家不留后院，庭院深深，恨不得走半里地才到堂屋，同一排的邻居房屋盖在院子中间，留出前院和后院，另一家院子小，前后两家，后面的一家院门从侧面开，前面的一家院门临街开，两家前后加一起，刚刚与邻居家面积持平。如果从空中俯视老街两旁的人家，参差错落，并不整齐。

批给我们家的宅基地有一亩半，用红砖砌墙，围起院落。院子里盖有四间北房，三角形的房顶，铺着红色的瓦，还有两间东房，平顶，屋顶上可以晾晒粮食蔬菜。东房屋顶上支着太阳能热水袋，黑色的橡胶袋子，充满自来水，依靠阳光汇聚能量，把水加热，用来洗澡。东房里面挖了地窖，储存苹果、白菜、萝卜、土豆。院子南边盖着厕所和猪圈。中间的空地用来种蔬菜。

有土地就能生出很多活计。平房密封不严，每天屋里都很多尘土，要扫院子，要种地，要养猪和鸡鸭。爸爸工作地点离家远，每天早出晚归，家里打扫种地饲养牲畜的工作都要妈妈做。妈妈每天像陀螺一样忙个不停，大清早起床扫地抹柜扫院子做饭，半夜还在缝补清洗孩子的衣服，一周只能休半天，那半天安排得更满：农忙时下地种田，农闲时回娘家。她同时也会大声催促所有人，让爸爸种地、砌花池、烧火，让我们打猪草、喂猪、洗碗、洗衣服。妈妈的心里，有股子锐气和志气，激励着她拼命干活，也鼓动她驱使所有人干活。她希望过得比别人更体面，处处要让别人高看这个家一眼。她布置给丈夫和孩子的工作，都是住在大家庭里引发过婆媳之争的导火索。奶奶说，十几口人的饭，我一个人做，你干这么一点活儿，就要指使我儿子？妈妈说，他上班我也上班，凭什么手捻一点儿的家务活他都不干？有了独立的小家，妈妈很满意，这是她和爸爸自己盖的、属于自己的房子，从此与公公婆婆小叔小姑妯娌分开居住，生气了可以呵斥老公骂孩子，犯懒了不做饭将就对付一顿，随时可以回娘家不用怕谁不开心。当年我不在乎妈妈和奶奶谁对谁错，不用干活，我就抓紧出去玩。多年之后，我结了婚，理解了妈妈，又过了几年有了孩子，我理解了奶奶。人生真有趣，我们永远觉得自己是对的，其实永远不完全对。我们在看不到自己狭隘时充满自信，能够与他人共情懂得别人感受后，反而开始质疑自我。

在爸爸妈妈的辛勤劳动下，我家院子收拾得非常漂亮。整个院子按照中轴线的标准分割，南北分成一长一短两块，紧挨着北房，有大约两米宽的水泥地面——得益于爸爸建筑工人的巧手。当时大多数人家院子还是夯实黄土铺地，谁来串门，都要赞叹水泥地面平整实用，这让爸爸很受用。爸爸用花砖围成矮墙，将院子南边平均分成东西两个区域。西边的大块区域用来种地养猪喂鸡，黄土地有机肥，绿意盎然，生机勃勃。地里种满茄子、土豆、西红柿、白菜这些大众菜，地边点种几棵玉米，满足了口腹需要，又节省了银钱。东边是东房、通道和花池。通道用红色方砖铺路，地面干净整洁不积水。小花池种满纯白的玉簪花、金黄的夜来香、缤纷的指甲花，春夏秋开得热热闹闹。邻居家不像我们家专门留出花坛，他们也没有玉簪花，不过随手在地边简单点几粒寻常花种，种几棵用来腌菜的鬼子姜。

女人们闲聊时常说：你家花池真好看，不过又费工夫又费钱有什么用？妈妈笑着不辩解，低头亲亲怀里的妹妹。菜地的南头是猪圈，妈妈很有趣，买猪也挑拣，特意挑了只纯白色的小猪崽。她没想到我和小猪崽培养起深厚的友谊，以至于小猪崽长成大肥猪的时候，我不允许她卖掉换钱。后来大白猪病死了，我们家就不再养猪了。家里还养了大白鹅和花母鸡。花母鸡原本都是小黄鸡，毛茸茸的很可爱，长大后却变出各种颜色，咯咯嗒嗒叫个不停。大白鹅也是特意挑选的纯白色，养得脾气很大，天天仰着头扭来扭去，院子里有外人来，就会摆出一副抵御外敌的架势，张开翅膀，梗着脖子，嘎嘎叫唤着飞奔过去，比狗都厉害。这时我就要赶紧跑上去，驱赶它们回来，关好小院门。驱赶大白鹅，让我觉得我也很厉害。

我们后来将农村的房子卖掉，又借了些钱，在县城买了房。最初的兴奋和艰难还款的日子过去后，生活忽然变得苍白起来。住在单元楼里，一门十二户住了那么多人，彼此见面相当客气，却谁也不去谁家串门。自来水、天然气、电灯、电话、电视机、电冰箱、洗衣机，一样一样置办齐，家务变少了，操心的事也少了，可拼命往前奔跑的劲头也泄了。自己没有投资的能力，没有什么值得拿出来夸耀的，别人也没有什么地方是我们渴望羡慕的，现在的生活已经是能够想到的最好生活，努力还有什么用呢？老两口一个看抖音，一个玩纸牌，不需要为了聊天走出家门，不需要因为三缺一呼朋引伴，家中安安静静。

妈妈常常唠叨不应该卖老家的房子，我说那就去租一处院子。"也不天天去住，何必白花钱。"妈妈斩钉截铁地否定了我的提议。我们的桃花源其实一直在彼岸，心之念之的地方，曾经是县城的高楼，而今是过去的时光。真的穿越回去呢，又知道那时的日子其实是苦的。未来是不可触摸的海市蜃楼，过往是滤镜修饰的手机相册，共同点都是打磨掉真实颗粒的生活片段。

我曾陪着朋友回他老家拿东西，远远看去，他家与我记忆中的老宅一模一样。他们家很多年前搬到县城居住，老房子处于闲置状态，年久失修，日渐荒芜，杂草丛生，花朵枯萎，寂静空虚，西红柿落了一地，向日葵七歪八倒，花盘漆黑，院门的锁已是锈迹斑斑。我推开门，恍惚间看见梳着两股小辫的女孩子没带钥匙，趴在门槛上写作业，她刚刚立志考大学，同时心里急着和小朋友去跳皮筋。屋檐下，穿着黑色礼服的母燕扇动翅膀保持悬空的平衡，嘴里衔着绿色的青虫。青虫拼命挣扎，还是精准地落入乳燕奶黄色的小嘴里。我知道，即使我们没有卖掉老家的房子，也回不去梦里的桃花源。

　　我们开始密集返乡走亲戚，在农村的街上看各色各样的小别墅、大新房。"这家好，玻璃墙体，看着就高端。""联排别墅不好，家家户户一个样，没特点。"我们不买，就是看看，妈妈很开心，话很密。我忽然觉得，父母的生活变得平静与单调，并不是因为现代化的快速侵袭与他们生存能力的冲突，而是因为他们没有了方向。父母的目标一直很明确，就是为了我和妹妹。如今我们翅膀硬了，飞走了，他们的未来就变成了迷雾森林。

　　我们姐妹带父母外出旅游，精心挑选民宿居住。我们希望他们能从民宿中，找到过去的幸福时光。我们选择民宿的标准就是特色，要有独立游泳池的，喜欢玻璃屋顶的，挑选位于竹林中间的……某天我问自己：曾经得意于老家新区的规范，而今却要求个性张扬，从什么时候开始我们评判事物的标准就改变了呢？又是谁在改变我们的审美呢？岁月如一条河缓慢流淌，分支，汇聚，蒸发，融合，奔流到海的时候，早已换了无数次水。

　　临近端午，我买了粽子去父母家，发现楼道里多了艾草。三支满是鲜嫩艾叶的艾条，用红色塑料绳系住根部，编成粗粗的麻花辫，搭在防盗门框上。我特意又上了两层，确定整层楼每一户的门前或电箱上，都有一束艾草，满楼道散发着独特的艾香。

　　老家的山上，艾草遍地都是。以前每到端午前后，爸爸都会上山割一捆艾条，在墙根的水泥地上阴干，再团成一个个艾球装进麻袋，用来给妈妈泡脚祛湿散寒，以及在夏夜乘凉时点燃驱蚊。爸爸是寡言少语的人，他对家人的爱都藏在割艾、修锁、砌花坛、补轮胎这些琐事之中。就像妈妈的爱藏在热气腾腾的饭菜里、藏在高声大气的嘱咐中。我们搬到县城后，爸爸也上了年纪，不再每年割艾。县城里，高楼大厦寻常见，艾草却是稀罕物。公园和街道两边，栽满了月季、芍药等花卉，生长着银杏、黄杨等树木，就连草坪上，都种着人工草皮。想要割艾，需要驾车十几公里，到农村的野地里、山坡上才能寻找到。去年开始，妈妈膝盖一受凉就僵硬酸痛，下楼总要扶住楼道两边的楼梯一步一步蹭下去。我们为她买了泡脚盆、电热护膝，她却总说用艾草泡脚就管用，别瞎花钱。难道因为妈妈腿疼，爸爸又上山去割艾了？他忘记自己得过脑出血吗？如果摔倒多么危险！

有了先入为主的想法，我进门就责备爸爸不该逞强："现在什么都可以买到，这么大年纪就不应该冒险。"妈妈赶紧从厨房探出头，"艾草是楼上叔叔送的。"

楼上的叔叔说，老辈讲究端午节挂艾草，能够辟邪祛病防疫，即使没有那么神，至少能起到驱虫的作用，艾叶干透了还可以用来泡脚。他于是特意回老家割了一天艾，装在新买的汽车后备箱拉回小区，编成艾草辫子送给每一户邻居。楼上的叔叔还没有退休，据说工作很忙，他抽出宝贵的休息时间割艾，为大家送上祝福。一束束艾草，温暖着邻居们的心。我后来发现爸爸妈妈与邻居的往来开始密集，他们会互送新鲜食物，会相约着一起遛弯、打牌。

他们找到了新的友谊，他们融入了新的群体，他们恢复了意气风发的劲头。我们从农村搬到城市，生活的环境与习惯都随之改变。我们的邻居从大爷二婶变成了叔叔阿姨，但相互帮衬彼此温暖的真情没有改变。其实保留美好记忆的载体从来就不是一所房子，而是心房。心房只要不荒芜，永远装满爱，无论时光的河流奔向何方，都会浇灌幸福的土地，滋养青青草木长。

蜻　蜓

　　少年时读《聊斋志异》中的《牧童逮狼》，文章很短，不到两百字的篇幅，将两牧童挟持小狼耗死母狼的故事写得波澜起伏，惊心动魄。初读时被精简准确生动的文字吸引，为牧童的勇敢聪慧击节叫好。大人们说这个故事告诉我们，要敢于用智慧战胜比自己强大的敌人。我相信大人们的话是对的，就像我相信所有童话都是向善的教育。

　　当我有了孩子，给孩子读到《牧童逮狼》，突然心中大恸，有些不忍卒读。我不免想到，两小狼伤害了谁？母狼做错了什么？两牧童逮狼何为？"狼是残忍的，狼伤害小动物，我们是正义的。"我们习惯站在自己的角度，为自己的行为找到合理的解释。跳出自身，反观反思，我感受到母狼的悲戚绝望。天下无不爱子女之父母，这父母不仅包括人类，也包括所有动物。就像童话里，我们允许公主对王后使用酷刑，只因她美丽就应该得到幸福；我们允许男孩对巨人和魔鬼进行欺骗，只因他弱小就代表了正义；我们允许牛郎胁迫织女成婚，我们愤怒于王母棒打鸳鸯，只因这是底层群众对强权的抵抗，就可以将前因一笔勾销。很多时候，我们毫无理智地站队，不辨是非。如果能够换位到母亲的立场，是否就会理解王母对女儿被人"PUA"之后的痛彻心扉？玉簪划出银河，是王母对孩子的爱与期待。

我们对"爱"的认识，以及对"正确"的理解，会因环境、年龄、学识的改变而不断在改变。

鲁迅在《坟》的题记中说："一面是埋藏，一面也是留恋。"在我的心中，也藏着一处小小的坟，埋在童年风景秀丽的小河边，里面是蜻蜓，很多很多的蜻蜓，还有我无尽的悔恨。那是一块不敢碰触的疼痛。

那时候年纪小，四五岁？六七岁？不记得了。可能因为我太想忘记，于是某些细节就会消失、模糊。也因为太想忘记，反而生成执念，某些情感不断放大、模糊。包括现在写下的文字，依旧是模糊的。

小时候我家和姥姥家不过十几里距离，每年夏天，妈妈会把我送到姥姥家住上一个月，让我疯玩。

姥姥家房子后面紧紧依着一条河，河面不宽，但一条河应该具备的美，她都有。她有清冽的水，不舍昼夜地汩汩流淌；她有腰肢柔软的杨柳，碧玉枝条在河岸边轻轻飘扬；她有水草，绿油油地在水面下荡漾；她有芦苇，圈起朦胧的一片迷茫；她有傲然出水的娇艳小花和翠绿浮萍，她有揉碎波心的月影和星光……最重要的是她有生命。她是母亲啊，她孕育了无数的生命！芦苇丛里的野鸭子，呱呱叫着的青蛙，偷偷游动的蝌蚪，偶然跃出水面的鲤鱼，在水波上一跳一跳的蜉蝣，以及无数无数小小的我们不知道名字的、被各种各样植物和深深的河水遮挡的生命，以及蝴蝶与蜻蜓。

是否每个人都容易被陌生吸引。我家的村子没有河，所以到了姥姥家我一天到晚守着河。姥姥怕不会水的我出事，所以我的身边总是跟着人，我的小舅舅，我的小姨，他们只比我大几岁，却瞬间由被保护者变为高大的监护人。他们陪我折下杨柳的枝条编成帽子，在缝隙间插上野花；他们教我用罩网捞蝌蚪，放进罐头瓶里，等到蝌蚪变成青蛙再放它回家；他们牵着我踩着水去探险，走到水没膝盖再返回；更多的时候我们就半天、半天地坐在河边的石头上，把脚放在水中无意识地踢来踢去闲聊……

那是最美好的一段时光，如果不出现那个黄昏。

那天阴沉压抑，天空从早晨开始就是即将下雨的样子。我们焦虑于随时到来的雨，玩得心不在焉。临近黄昏，天空终于准备充分，大雨倾盆而下。透雨过后，天光放晴，七色的霞彩护着西山的太阳。我们跑出后院，看到别的孩子在兴致勃勃用网罩蝴蝶，我闹着也要。小舅舅找来一根长长的竹竿，用一根铁丝在竹竿头上围出一个圆环，然后我们到房子与墙间留出的过道下，仰着头找最大最结实的蜘蛛网，举着竹竿冲着网罩下去。大雨过后，旧的蜘蛛网残破得只剩下一两根细丝，蜘蛛们毫不留恋地将其舍弃，奋力打造好新的捕猎工具。刚刚结好的新网晶莹完整，充满黏性。经过几次失败，一张完整的网便罩在竹竿顶上的铁环上。我们举着铁环跑回小朋友中，在远离河边的菜地里罩蝴蝶。菜地的边缘种着一簇簇指甲花，在微风中轻轻摆动，像停泊下来的蝴蝶。

"蝴蝶是坏虫，虽然美丽，但它是毛毛虫变的，毛毛虫吃我们养的花的叶子，让我们捉住它们，做成标本。"这样的说法给了我们一个心安理得捕杀蝴蝶的借口。

借口很好，可蝴蝶很少。我捉不到就开始生气，然后看到河边一团团一簇簇飞着的蜻蜓。

"我们去罩蜻蜓吧！"说完，我就举着罩网兴冲冲跑向河边。

"别去，它们是益虫，它们捉蚊子吃。"小舅舅阻止我。

"不，吃蚊子也还是虫子。"我坚持。

蜻蜓有着两组透明的翅膀，膜质，翅长而窄，网状翅脉极为清晰。蜻蜓还有着大大的脑袋，顶着两只大大的复眼，轻轻一眨都是睿智的模样。它们飞翔时轻盈又专心，有时会落到芦苇的尖上或浮萍叶片上，芦苇只是悠悠晃动，浮萍也只是轻轻颤动一下，然后归于平静。呆呆地落一会儿，它又突地飞起，继续追逐猎物。虽然没有蝴蝶翩翩的翅膀，但是蜻蜓有着纤瘦的美丽。美丽的，我便喜欢。喜欢，便要拥有。

那个傍晚蜻蜓实在太多了，有着那么大眼睛的蜻蜓却那么笨！我们跑啊，笑啊，捉了整整一塑料袋。

要回家了，小舅舅劝我："把它们放了吧。你拿回去也没用。"

"不，我辛辛苦苦捉了这么多，干吗放掉？我要拿回去喂咪咪。"

咪咪是姥姥家养的一只白猫，很漂亮也很高傲。它其实并不喜欢我，只喜欢蹲在墙头上眯着眼睛睡觉。咪咪也不缺吃的，每天姥姥都会在它的碗里放满食物。

咪咪很喜欢蜻蜓。我捏着蜻蜓的翅膀一只一只喂给它，蜻蜓无力地挣扎，依然被一口吃掉，咪咪露出满足的神态，我也感到满足。

多少年之后，我回忆那个满地破碎的傍晚，觉得自己是那样贪婪和残忍，一味想要拥有更多，根本不考虑自己真实的需求，更不顾惜弱小可怜的生命，只因为它们不是我，那么再多的死亡就不能触动我的心。我不敢回望那晚的夕阳。不敢回望那晚水面荡漾的波光。波光如同河流歌唱着无声的忧伤，荡漾、荡漾，荡漾成河流母亲不能保护孩子所承受着的疼痛和沮丧。小女孩无知的欲念和荒唐，变成穿梭时空的利箭，刺向成年自己的一颗心。

多年之后，我发现在小学三年级同步阅读增加了一篇文章《放飞蜻蜓》，那也是篇短文，五百多字，讲述了陶行知先生引导捉蜻蜓的孩子们学会观察，普及关于蜻蜓的科学知识。几问几答中，孩子们了解了蜻蜓，因为了解，对蜻蜓产生了感情，最后陶行知先生提议放飞蜻蜓，孩子们一起张开小手。

我看见那些望向空中的目光，清澈纯净，没有负担。

盛夏里的秋意

柳斜风清，山明水净，我看见少年的自己，也是在这样如秋的初夏，在绿树垂荫的校园门口，怅然若失。

教室中传出稚气未脱的童音，抑扬顿挫地朗诵着课文。花坛里的月季开得热烈张扬，仿佛全世界都是它们的，可以恣意享受温暖的阳光、微微的细雨，以及像初秋一样带着凉意的清风。

"这些花儿没有见过别的夏天，所以它们才不会感受到异样啊。"我叹息又羡慕。

我长成大人了，所以开始有烦恼。十二岁的我感慨从前，自己也像教室里的孩子和盛开的花朵，享受时光，又虚掷时光，从未想过生活有一天会改变，比如离开学习生活的校园，离开朝夕相处的好朋友们。

少年时，每个村子都有小学，村里的小学只有一至四年级，孩子们就近读低年级。小学高年级只在中心学校有，附近村子的孩子到新校园后重新分班。三年级的时候，我最好的三个朋友搬到县城生活，放学后我就不再在校园附近的场院里玩，开始加入左邻右舍的孩子们的游戏圈，我们假扮希瑞，高举变身之剑，三三两两组队跳皮筋、捉迷藏，游戏时光加速了我与邻居家女孩的友谊。有时我觉得孩子的记忆力就像鱼，短短七秒就能忘掉过去，奔向新的海域。成年之后我才知道，孩子的心是档案库，所谓的忘记不过是暂时收起，分门别类进行存档，某一天，有了索引就会直指某个时间点，情不自禁地打开那盒档案，看着没有装满的盒子里单薄的纸张哭泣。她希望所有的经历都是厚重丰盈，却不想精心收集的满满一盒完美无瑕的花瓣，在岁月尘封中枯萎成虚无的重量。

当时还没有九年义务教育的概念，四年级时，有三分之一的同学或者因为成绩不理想留级，或者因为家庭条件差不再读书。到了五年级，按照教育系统分片原则，村里的大部分孩子到黄柏寺中心小学就读，少部分孩子通过交纳借读费等方法到更好一点也更远一点的靳家堡中心小学就读。我和两个好姐妹都分到黄柏寺中心小学，每天和好朋友们清晨离家，伴着清脆的鸟鸣，沿着林荫大道，风驰电掣地骑行五里地，一路说笑、赛车，在新的校园结识新朋友。黄柏寺村在山脚下，自我们校园向北，走不多远便进入山中。村中特产鲜桃，漫山遍野山杏，收获季节，村中的同学带我们去她家的果园采摘。黄柏寺村距离龙庆峡景区很近，假日里我和同学们骑车去龙庆峡游玩。外出求学的少年，享受着玩耍的幸福，并不觉得奔波多辛苦。

时光荏苒，转瞬到了小学毕业季。在孩子眼中，小升初是一步台阶，迈过就是从小屁孩到窈窕淑女的晋级，标志是不再玩幼稚游戏。我们以为人生是笔直的马路，好朋友永远携手欢歌。买了班服，在毕业考试前一起爬山庆祝。其时春未老，夏将至。人间四月芳菲尽，山寺桃花始盛开。村南的桃林花落结实，日暖风细，山上却薄雪尚在，冰瀑犹存。桃园杏地是常客，却初次得知紧紧依偎的高山名为九龙山，第一次攀登，惊艳了双眼。

笑声与打闹声还没有在春山空雨中消散，离情与别绪已如潜雷骤然响起。

当时的升学原则是没有考入县城中学的孩子，就近升入当地初中。当时的教育资源向富庶地区倾斜，首先是县城中学，其次是乡镇中心的学校，我们将就近升入黄柏寺村中学，这里教育资源相对较差。最直接的证据就是县城的孩子从小学四年级学英语，学校有管弦乐兴趣班。我们黄柏寺初中和小学，连阅览室都不对孩子开放，初一才开始学习英语。不过那时候的孩子们，只要和朋友在一起就高兴，不去考虑教育资源那些问题，然而，家长们却不能不想。

妈妈经过千般努力，将我的学籍调入乡镇中心的靳家堡中学，事成后才告诉我新学年转校："你要是不贪玩，考到延庆中学去，我也不用花半年工资给你转学。以后一定不许淘气，好好学习。"

延庆中学是县城最好的中学，我的成绩不到录取线。

对新的学校，我存有莫名的恐惧。我将离开熟悉的校园和朋友，走进全然陌生的环境。新校园中的同学们大多都是从一年级玩大的伙伴，我这个新介入的陌生人，想要建立属于自己的亲密关系何其艰难。我的成绩在原来的班级名列前茅，到新的班级将会垫底，排名的巨大落差将带来心理的巨大落差。

刹那间，我的肩上长出一座叫作期望的高山，我的世界转入另外的轨道，我将走下头等票的车厢，换乘从别处开来的列车，与未知的旅伴一起，开往迷雾中的未来。

挥别童年的那次春游，原来是送我独自出征的舞会。朋友们约定每周相聚，但我知道这样的约定是写在沙上的诺言，终将在日出日落的潮汐中消散，就像我们忘记四年级之前的同学，不再履行每天晚上一起假扮希瑞举剑高呼的承诺。我成了被单独抛下的那一个，她们还如同橘子瓣聚在橙红的屏障里，并将很快忘记我。

我默默打点行装只身远行，空空行囊里没有了战胜陌生怪兽的光之剑。在更好的学校里，我将变成羞怯孤独的丑小鸭，眼睁睁看着所有人都在各自的团队里快乐长大。

这山这水这村落，还没来得及了解便要告别。我即将与最好的朋友们分别，如同血与骨的割裂。一种从未感受过的伤感如初夏的芳草，一眨眼乍露新绿，再一凝眸已是丰茂葱茏。

离校的那一天，我在校门口痴痴待了很久，直到村落静寂，暮色深沉。

少年眼中，十里便是遥远，三年即为永恒，一分手就会忘记，再相见将为陌路。曾经以为这是不识愁滋味的少年强说愁，多年后方才明白少年的恐惧竟然直抵生活的真相。

　　盛夏毕竟不会缺席，悲欢总要成为过往。此后，我无数次经历学习工作环境的改变，但是刻骨的茫然和疼痛，永远留在那个有着秋凉的盛夏。

童年之味

我的童年在二十世纪八十年代的农村度过，那是改革开放的初期，吃穿用行玩等各个方面都如春草，绿油油的、毛茸茸的，一天一个样。我的童年对一切都充满了好奇、充满了希望。相较于城市的孩子，农村的变化犹如自行车之于电动车，差一点儿就能追上，又总差那么一点儿。

初中到县城读书，我才知道羊肉可以穿成串烤着吃或者炸着吃，城里同学的零食都存放在冰箱和食品柜里，他们的父母会定期检查食品保质期并调换更新。我们农村孩子的零食存放在大自然，带着阳光的味道、大地的气息、不同季节的特征，获取时享有抽盲盒的惊喜。也许是由于防卫性的骄傲，也许是因为对食物的好恶已经养成，我发现自己更喜欢我们农村孩子的零食。

儿时的农村相对封闭，没有川流不息的车辆，没有眼花缭乱的商店，极少见到陌生人，那时的孩子更自由。家如同旅店，用来吃饭和睡觉，上学好比工作，定时打卡完成任务，其他时间都和小伙伴奔跑嬉戏在山林、河塘、菜地、果园、田野之间，随着季节的变更从自然的手中接过各种各样新鲜的食物。

春天，我们每天盯着杨树和柳树，评判其叶子的好坏优劣。适时的杨树叶和柳芽可以做成凉菜，杨树叶更苦一点，柳芽更嫩一点。两种不同味道的树叶，凉拌方法同样简单，焯水、加盐、加醋、加蒜，也可根据个人喜好再加入香油、白糖、辣椒油。难的是适时两个字，其最佳食用时间不到一周。杨柳叶子太小没有味道，稍微大一点就变得又柴又苦且难以调制入味，只有不大不小时，嫩度和味道才刚刚好。我们觉察嫩叶的变化，仿佛觉察自己骨骼血肉的悄悄生长。吃过了杨树叶和柳树叶，就开始关注榆树。榆树的花朵状如铜钱，叫作榆钱儿，生吃带着一丝甜甜的味道，也可以多捋一点，带回家交给奶奶，和着玉米面、白面、土豆块蒸熟再炒制，就成为延庆特色主食——打魂磊。也有人写作块垒、库垒、傀儡等，是主食名称的音译。然后草木蓬勃生长起来，田野变成大菜园，我们挖曲曲菜、马齿苋、蒲公英，用稚嫩的小手丰富了单调的餐桌。奶奶讲述的故事里，这些野菜变成饥荒年间的救命主食。不同的时代决定了一种食物不同的地位和价值。

孔乙己说"盗书非盗，窃也"，我们孩子也不认为上树摘果子、到菜园子里摘黄瓜是偷。青杏尚小，三三两两偷吃的孩子已经坐上树杈；黄瓜顶花带刺，临出门的孩子眼尖发现，粗暴扭下，一掰几截大家分吃；桑葚紫红，将孩子的嘴唇、双手、衣服染成黑色；田野里的黑甜甜（学名龙葵）、野酸枣、酸不溜、红菇娘、一串红的花蜜……都是解馋的零嘴。真正缤纷的秋天到来,苹果园、梨园又成为我们占领的阵地。看管巡视果园的大人们发现偷嘴的孩子,会远远地呵斥驱赶,却不真正追赶抓捕"嫌犯"。没有"家贼"引不来"外鬼",带头的正是自己家的孩子,跟着的都是村里的小淘气们。明天、后天,这些孩子们会继续转战另一家果园。

大人们念叨着要纠正孩子们的淘气,事虽小,却可能演变成恶习。他们又太心疼孩子,半大不大的年龄,对食物充满欲望、对世界充满好奇,家里的柜子却空空如也。逢年过节储备的点心、瓜子、枣等食物,不管放在卧室板柜最底层,还是藏在堆放杂物的库房房梁上,或者埋进米缸里,都能在最短的时间被翻找出来,放进一张一合的小嘴巴中。看着孩子们吃东西的幸福样儿,大人所有的气愤无奈都化成一句温柔的责骂:"这个臭孩子。"他们在有限的生活开支中挤出钱来给孩子买新鲜的食物,自己却舍不得尝一尝。

日子一天天变得更好,卖冰棒、西瓜、爆米花等食物的小贩开始进入村庄,父母也会买些带包装袋的小吃放在家里的柜子里,孩子有了自己能够掌控的零花钱,频繁光顾村中的小卖部,冰棍、奶糖、辣片、虾条、泡泡糖、干脆面、果丹皮、五香瓜子……整个小卖部的零食品目不过一二十种,却一下将我们临近尾声的童年点缀成缤纷的彩色。

一晃就是几十年,无论农村还是城市,家家储备的零食种类都比儿时小卖部丰富。当年还是孩子的我们成了孩子的父母,因为孩子的零食,我们也有了新的烦恼:孩子们总有奇奇怪怪的零食，零食品种极其丰富，检查包装上的食品安全信息、定期清理过期食物变成负担；我们儿时零食是正餐的点缀，孩子们的正餐反成为零食的补充，孩子们还很小，我们就要担心他们的血压血糖与体重；孩子们得到零食过于容易，天南海北的水果只与金钱挂钩，他们不在乎食物生长的枝头和土壤，理解不了采摘果实时风抚摸脸庞的感觉，寻觅食物中自然缺少寻找的快乐、珍惜的滋味。我带着孩子回村掰苞米，给她摘地边学名龙葵的"黑甜甜"和野酸枣，人家说："没有洗怎么吃？又小又涩怎么吃？"网上掀起怀旧风，售卖很久见不到的儿时零食，兴奋地下单购买，大力推销给孩子。孩子满怀期待，又皱眉厌弃，我自己吃进嘴里也找不到原来的味道。我忽然发现，过去的记忆如同用了滤镜的美颜照片，修饰了苦涩与艰难。我们依然对童年的零食念念不忘，是因为童年之味的记忆中还包裹着爱、友谊，以及旧日的时光。

随着大部分儿时零食的消失，昔日的过往同时退场，我们的生活驶进发展的高速公路。我把关于儿时零食的记忆插进时间的相册，顺着时间的脉络，翻看回味，在对比中体味幸福的滋味。

如果玩具有生命

　　每每收拾房间就犯愁：可让我怎么处理女儿那么多的玩具呀！除了她的玩具箱，在房间的每个角落都能捡到她的玩具。

　　"不能再买玩具了！你的玩具太多了！"

　　"哪有，我们班的张宇航玩具更多，他还有平衡车呢。"

　　这样的对话无数次重复，之后一如既往地买买买。没有办法，每个妈妈都想把最好的给孩子，都希望能够寓教于乐，通过玩具把孩子培养成最聪明最健康最快乐的孩子。那些玩具厂商把卖点集中在锻炼思维、手脚协调、开发右脑……让人无力拒绝。网上还有专门的帖子，指导玩具收纳，同时又推销出了玩具架、玩具箱。

　　看着这满屋的玩具，不由得感慨自己的童年。

　　我是伴随着改革开放成长起来的一代，我记事的时候已经不愁吃喝，女孩子也能够入学读书。小时候听惯了大人发自内心的感慨：真是生活在蜜罐里的一代呀！那个时候长辈们对幸福的定义很单纯，就是吃饱饭，穿暖衣，有书读，有时间玩。

　　我的童年单纯而贫瘠。每天放学之后，与同学一起快速完成作业，然后跑到村里的公共场院里（用于村民晾晒农作物、堆放农作物秸秆、农作物脱粒等的集体所有的空旷场地），在一堆堆玉米秸之间捉迷藏，在空旷场地画上线玩跳房子，围成一圈丢手绢，分成两派玩老鹰捉小鸡或木头人不说话……

　　女孩子没有布娃娃，却有弹弓，巧手的父亲们，用一根铁丝、几根皮筋就可以弯个弹弓，不需要花钱；逢年过节吃酒席先上一盘杂色糖果，女孩子会将糖纸收集起来，铺平，夹在书本里保存，在过家家的时候用其做小娃娃、小蝴蝶，当饺子皮包小石子；我们也充分利用资源自制玩具，每年吃杏时留下杏核晒干，用钢笔水染出红蓝两面，跟长辈学习缝纫，将六块布头缝成四四方方的布袋，再装上玉米粒做成沙包。个别女生拥有长长的橡皮筋，拥有皮筋的女孩子的家就是下学后半条街女生的集散地。晚饭后大家向她家聚集，迫不及待地等她吃完饭，大家拥着她跑到街上，猜丁壳分组，输了的两人架着皮筋，赢了的欢快地在两根松紧绳上跳起来，"大苹果，香蕉梨，马莲开花二十一。二八二五六，二八二五七，二八二九三十一"……稚嫩的童音搅扰着夜的宁静。夜就像妈妈，用纵容的清风悄悄擦去孩子们额角的微汗，继而一颗一颗点亮满天的星星。待到满天星辰璀璨，家长们此起彼伏的声音划破夜空："小丽，回家了！""娟子，回家睡觉，明天还要上学呢。"……

贫瘠的童年并不影响孩子们拥有游戏、拥有快乐。但是孩子天生对玩具充满欲望。大约在一九九〇年，已经上小学高年级的我放学跑回家，惊奇地发现柜子上的大录音机上多了两个色彩鲜艳、造型可爱的塑料玩具：一个是明黄色的小鸭子，一个是鲜红的昂首欲啼的大公鸡。一定是爸妈买给小妹妹的。趁着家里没人，我偷偷拿下来，翻过来倒过去地看，一捏，还能发出悦耳的响声。

我记得上初中后的一个盛夏的午后，我和小伙伴不肯午睡，偷偷跑出去玩，走在街头，看见邻居家门口有一堆魔方的碎块。当时我们站了很久，心中一个声音怂恿着："捡起来，说不准能够拼个完整的魔方呢。"另一个声音吸嗫着："快走吧，你都这么大了，怎么能干这种事?"在中午焦躁的蝉鸣和令人目眩的烈日下，我们看着一地花花绿绿的塑料块儿，彼此不说话，内心充满着同样的挣扎。

对孩子来说，甚至对成人来说，游戏与玩具必不可少，它是快乐的源泉、幸福的密码，是探索世界的第一步尝试，是一个人不断成长的演练场，更是一颗想要创造更好未来的种子。

随着我一点点长大，再看到更小的弟弟妹妹们逐渐多起来的玩具，我已经不那么羡慕和渴望了。我的玩具变成电子产品，我也有能力自己买自己喜欢的大玩具。刚上班就迷上了MP3，那时候这个巴掌大的小东西还是新生事物，既能存储文件资料，也能播放音乐，简直太神奇。第一个MP3竟然花了我一个月的工资！当时给自己做思想工作："买个好的，可以用很久。"可 256M 的 MP3 需要花费我一个半月的工资，也就是八百块钱，我还是没舍得，花了五百块买了个 128M 的 MP3。那个 MP3 并没有陪伴我多久，电子产品降价迅速，很快体积更小、容量更大、音质更好、价格更便宜的音乐播放器替代了它。电子产品快速更新换代，无数品牌退出历史舞台，又有新的品牌占据销售榜首。今天，我无法想象 256M 的存储容量能干什么，手机上随便下两个软件就将其全部占满，也早已忘记第一个 MP3 的品牌。现在已经很少有人专门买 MP3，新的电子产品早已整合了它的功能，一个小小的优质 U 盘，动辄都是 32G、64G 的存储量，只要几十块钱；智能手机既能接打电话，又能当存储器、录音笔、绘图仪、记事本、上网电脑……如此多功能的中档手机，用半个月工资就能够买到，相比过去，如此廉价。

四十年时光倏忽，让我从婴儿成长为孩子的母亲，我童年为数不多关于玩具的记忆与眼前女儿堆积如山的玩具交叠在一起，就像丑小鸭与白天鹅搭伴嬉戏，充满着违和感和自卑的心理。丑小鸭是白天鹅的起步阶段，白天鹅是丑小鸭终于实现的梦想。丑小鸭能够华丽转身变成白天鹅，是因为它心中坚定而强烈的渴望，更因为它一次次朝着高空张开翅膀。

玩具如果也有生命，也能在代际更迭的过程中交流，它们一定会为能够陪伴孩子健康成长而感到骄傲，为人类的跨越式发展而祝福！

女孩天生爱美丽

　　三四岁的时候，因为裤子上的补丁，我和邻居家的妹妹打过一架，至今被妈妈作为谈资取笑。

　　妈妈总说我是投错胎的孩子，从小就淘气，衣服鞋子穿得特别费，"不知道你都去哪里了，衣服总是会破，尤其是膝盖和胳膊肘的位置经常破洞，鞋子穿不了三天就会坏掉"。年代过于久远，我已经忘记当时的情况，并不肯相信她的话。我不认为是我们的游戏集中在场院的秸秆堆上、树杈上、墙头上的缘故，只怪当时工艺水平差，生产的布料不结实。

　　小学三年级之前，二十世纪八十年代，经济逐步发展，农村家庭还不是很富裕，好不容易攒下一点钱，都集中用于更新家电和家具。人们的衣服以实用为主，虽不再是新三年旧三年缝缝补补又三年，却也达不到如今过时就更新衣品的水平。孩子们天天盼着过年，过年时家家户户都会给孩子买新衣服新鞋子，里外全套都是新的。家长们想尽办法，减缓衣服的磨损，节省购买衣服的开销。他们给孩子买衣服不挑款式，主要关注布料是否结实；用缝纫机做套袖，保护容易磨破弄脏的袖口，减少衣服洗涤次数；选择与衣服同色系的布料，缝补不显眼位置出现的破损。

孩子天生爱虚荣，或者说，孩子天生追求更美好的生活。我们穿着打补丁的衣服，也会暗暗攀比：谁的补丁针脚细，谁的补丁不明显。我是很有心理优越感的，因为妈妈当时在服装厂上班，见识过时新衣服款式，比别人的妈妈缝纫技术好，可以自买布料使用单位设备做衣服。别人的衣服破了，补丁是方的、圆的、三角的，一眼就能看出旧衣服打了个大补丁。我的衣服破了，妈妈会在肘弯处补上红苹果，在膝盖处补上金黄大鸭梨，并且即使只有一边破损，也同时补两边，把补丁变成装饰物，旧衣服变成新衣服。服装厂按照大城市提供的图纸批量加工生产，总会多生产一些确保合格率。当废品、残次品少的时候，服装厂会将多余的衣服首先在职工中内销。遇到大小、款式、价格都合适的衣服，妈妈会一下买两件，我一件，邻居家妹妹一件。

我三四岁的时候，爸爸回家晚，妈妈下班后不能既做饭又照顾孩子，或者晚饭后要打扫卫生、种菜地，经常把我放在邻居家玩。邻居妹妹比我小一岁，正好能玩到一处。邻居家小两口下地种田，老两口哄孙女、做饭、打扫卫生，还种了满院子的花。邻居奶奶耐心温柔，心灵手巧，会做布老虎，会折纸，会讲故事。我在他们家玩时安静听话。

一天晚饭后，我又在邻居家玩耍。我和邻居家的妹妹听着奶奶讲的故事入了迷，我们在大炕上摆满枕头玩过家家。原本气氛和谐相处愉快，直到妈妈进门，我突然"哇"的一声大哭起来，所有人都惊呆了，怎么哄我都不停止哭泣，也不说明原因，使劲抱着炕尾折叠整齐的小孩裤子不撒手。邻居家妹妹忽然觉得不对，"姐姐为什么抱着我的裤子呢？"她冲上来，与我争抢。她越争抢，我越不松手，我们互相推搡，双双跌坐在炕上。两个孩子同时哭闹起来。妈妈看着裤子，忽然明白过来，哈哈大笑，扭头回家拿来一条裤子递给我。咦？怎么两条裤子一模一样？连补丁都是一样的红色五角星形状、金线缝的边边。我不哭了，大人们都笑起来。回家我却继续闹，这次是争宠，责怪妈妈给邻居家妹妹买衣服、补衣服。

"那条裤子还真不是我给她买的，当时市场上衣服就那么几个样儿，不撞衫才是偶然。我给你补的五角星是缝纫机扎的，邻居家奶奶手巧，她看见你裤子上的补丁，依着样子给妹妹打的补丁，她的补丁针脚更细密。"如今谈起往事，我特别佩服邻居家奶奶的善于学习。妈妈关于补丁的创新是因为工作性质，她所在的服装厂按照图纸代加工，成品销往大城市，见得多了，习以为常，自然将大城市的审美应用于农村家庭生活。邻居家奶奶有别于普通农村老太太，对美有敏锐的感知力，用一双巧手复制精密机器的创造。好奇，欣赏，尝试，人其实可以永远像孩子一样热情满满地生活。

三年级之后，改革开放将近第十年，我和我的小伙伴们不再穿打补丁的衣服，衣服的颜色和式样也变得缤纷。三年级，爱看动画片的我收到第一条半身裙，鲜亮的明黄色，宽褶皱大裙摆，转起圈来就像电视里的花仙子；四年级暑假，非年非节，二姨郑重其事地带我骑车到县城，逛新开的服装市场，给我买的蓝底白色碎花连衣裙，吸引了很多男孩子的目光；我还记得漂亮女同学穿的一件白色半袖，肩头位置挖空，勾勒身材效果显著，我们孩子羡慕嫉妒，大人们批评诋毁……曾经很多时尚被指责为伤风败俗，几个月后又风靡一时。勇敢尝试新款服装的女孩承担着被人诟病的风险，又同时享受到自信和满足。

　　几十年之后，我变成保守的一方，孩子们奇奇怪怪的装扮让我难以认可，孩子们衣服的更新速度让我甚为不满。不过想到自己因为两块补丁打的一架，我便又释然了。爱美是人的天性，不同审美眼光说明生活更加多元，崭新的衣服被淘汰说明时代在发展进步。我希望未来的商店，有更加琳琅满目做工精良的衣服、鞋子、饰品，让每个爱美的女孩都能选到属于自己的最爱。

远去的水井

　　爸妈结婚之前就认识，三里五村的乡亲嘛，低头不见抬头见。父母家庭条件差不多，同样的普通农民家庭，同样有着众多兄弟姐妹。就连父母原生村庄的条件都差不多，是我们乡相对富裕、人口多、规模大的两个村子，主要农作物是玉米。两个村的区别在于妈妈的老家有一条河，村民依着这条河捕鱼、种植水稻，爸爸的村子有很大一片果园。妈妈原本以为这样门当户对的婚姻，会毫无障碍地融合，没有想到刚一进门就产生矛盾。矛盾点集中在洗衣服上。

　　妈妈洗衣服勤，漂洗次数多，她洗一次衣服至少需要两桶水。爸爸郁闷，奶奶生气。村里没有河，吃用的水都要到很远的井里打，爸爸挑一担水回来不够妈妈洗两件衣服。

　　爸爸清晰记得井下的阴湿和井水的寒凉。村中原有一口井，随着村子规模的扩大，为了解决村民吃水问题，村中陆续又挖了第二口，第三口，第四口井。挖井是辛苦活儿，由青壮劳力承担这一工作。井是陆续挖的，挖井的青年也在一代代接力。爸爸参与过一次挖井。小伙子们一锹一锹铲土，挖下十几米的大坑，在坑底铺上沙石，再将巨大的石块一圈一圈垒起来围成井壁。每年夏天，村里都要清理水井，以保证水质洁净，这一工作也由青壮劳力完成。男人们轮流接力用水桶把井水吊上来，倾倒进排水沟，井水见底后，爸爸灌下半杯白酒，穿着雨鞋下到残留着井水的井底，隔着橡胶鞋依然能够感到脚底的寒意。他快速又小心地清洗井壁，清理井底，将水底的淤泥和杂物装入水桶，让井上的人一桶桶吊出水井。水井清理干净后，往往要将井封上几天再使用。挖井和清理水井辛苦，生产队都是按最高分给干活的年轻人记工分。

爸爸理解不了妈妈对水的随意，为什么都漂洗出清水了，还要倒掉继续漂洗？正如妈妈理解不了奶奶对衣服的随意，洗衣服的水还混浊着，怎么就能把衣服拧干晾在杆上？大人可以将就，孩子的衣服尿布一定要洗干净，这是妈妈的下限，是奶奶的上限。日复一日的琐碎冲突，消磨着生活的热度。

三里不同风，十里不同俗。妈妈不习惯婆家的用水习惯，主要是因为妈妈娘家村子拥有一条河，洗菜、洗衣、洗澡敞开了用河水，在自家院子里挖下两三米就是一口出水的井，自家水井的水只用于食用。新中国成立后，家家户户陆续给家里的井装上压水井头，通过杠杆按压打水，便捷省力，男女老少都能操作；婆家吃用洗衣都要依靠人力从井口挑水回来，自然用水格外节省。人们对一眼井的依赖程度，决定了一个村庄的地域文化。

半年后，这个不突出但刺咬人的矛盾突然就被解决了。

村里用集体经费建了水塔，在街上安了好几处自来水管，打开水龙头就能出水。离我家很近的地方就有一个自来水龙头，男人们挑水近了。可离得再近，挑水的流程依旧，辛苦依旧，还是要把扁担扛在肩头，出门，排队，接水，担回来，倒入大水缸。妈妈就趁着大家午休，端着衣服到街口去，哗哗开着水龙头畅快地洗洗涮涮，仿佛又回到了娘家，和姐妹们叽叽喳喳在大河边洗衣洗菜。二叔的低声呼唤将她从遐想中叫了回来："嫂子，您这么洗衣服是要被官儿骂的。"村里人习惯将乡镇干部和村干部都称为"官儿"。

"他凭啥骂我，当官的还管我洗衣服了？"

"您太费水了，全村没人敢不关水龙头洗衣服。"

当时自来水依靠电力将水泵上来，存在水塔里。一水塔水能够供全村一千多人用一天，管水塔的是村里的电工，每天定时拉闸泵水。水塔的水提前用完了，要找电工去操作泵水，再存上一水塔继续用。如果大家都像妈妈这样洗衣服，这一水塔水很快就会用完，赶上全村做饭的用水高峰突然停水，可就麻烦了。妈妈只能克制自己。

时光荏苒，两三年的时光飞逝而去，转瞬来到一九八四年，自来水管道铺进家家户户的院子。妈妈当天就逼着爸爸在院子里的水龙头下面，砌了一个一米长半米宽的水泥池子。砌水泥池子的那天，妈妈心情特别好，既不嫌弃我在旁边玩闹捣乱，也不责备我弄脏衣服。中午她做好饭菜后，特意给爸爸端上酒和花生米。下午她端出一大盆衣服、被罩，哼着歌清洗，溅起的水花在阳光下闪闪发亮。她终于可以像做姑娘时一样痛痛快快地洗衣服了。

我稚嫩的肩膀还没有成熟到足以担水，自来水就走进了家门，我和弟弟妹妹都不记得村里竟然有井。时代发展到今天，我与村里有河的舅舅家的儿女，以及千里之外其他省市的同学，有着相同的洗衣习惯：分类，扔进洗衣机，干自己的事，取出来晾上。

农村与城市一样，不再依靠水井生活，水井的实质作用消失，成为乡愁的记忆。变成记忆的还有泥泞的黄土地、脏污的露天厕所、出行基本靠走、沟通基本靠吼、接收外界信息只能依靠广播大喇叭的闭塞生活。老井、老路、老物件……都被留在历史的展厅里。

歌声引路

　　我们走过很多路，遇见很多人，经历很多事，唱过很多歌。有的歌是历史的浓缩，反映重大历史事件，比如《我的家在松花江上》《垓下歌》；有的歌是力量的凝聚，团结人们为同一方向奋斗，比如《国际歌》《劳动号子》；有的歌是情感的凝结，触动心灵柔软的角落，比如《母亲》《十年》……有的歌跨越了时代，成为历久弥新的经典；有的歌专属于某一群体，变成快速归队的口令；有的歌是个人独创独享，是记录刻骨铭心记忆的保险箱。高度浓缩的歌曲，短小精悍，却具有神秘的魔力，可以修复心灵、陶冶情操，以其美妙的旋律搭建起人与人沟通的桥梁，也能够让我们情不自禁地跟着歌声回到过去，回忆一桩桩故事，回望一张张面孔，回味一段段感情。

　　我的生命里也有很多歌曲，与不同的感情关联。其中《难忘今宵》串起亲情的回忆。对于中国人来说，最重要的节日是春节。平日里，人们走南闯北挣钱养家，谈生意、交朋友、玩情怀，洒脱地说此心安处是吾乡。等到临近春节，离家的人们心心念念想回家，与家人一起吃饭打牌看电视，到好久不见的亲戚家串个门。仿佛走过千山万水，唯有到家方心安。我们期盼过年不是为了几天假期的休整，而是留恋与团圆密切关联的亲情。有一首歌串起的就是关于亲情的记忆。这首歌叫《难忘今宵》，春节晚会的固定曲目，除夕团圆饭的背景音乐。每当这首歌的旋律在心中响起，我就知道，我想念那些与我血脉相连的人们了。

一九八三年，央视第一届春节晚会亮相。一九八四年，由李谷一演唱的《难忘今宵》成为每年春晚的固定结束曲。回家过年，是被写入华夏民族基因的执念。为了与家人相聚共度春节，每年进入腊月，新闻里都在不停播报春运讯息，人潮如海的春运也成为外国人眼中难以理解的谜团。我在老家的县城工作，有幸每年都与亲人一起观看春晚。

春晚的很多节目都已经忘记，因为看春晚的意义并不在于看，而在于聚。电视、电脑开着，不过是烘托气氛，大家一起和面剁馅包饺子聊天最重要。每年我都会提前打出节目单，提前圈定自己喜欢的节目。真到了除夕之夜，却没有人按照节目单观看，大家会在举杯祝愿的间隙，洗牌等待的空余，吃瓜果闲聊的停顿，给亲人电话拜年的闲暇，扫一眼电视，对当前节目进行无伤大雅也不需要负责的褒贬，喜欢的明星和好节目出现，会赶紧招呼打牌的、喝酒的、洗碗的人，停下手中的活儿过来看电视。窗外礼花与星月相互辉映，爆竹声音震天，电视音量开到最大也听不真切。这个晚上，是随意的，是闲散的，是无组织无计划的。只要与家人聚在一起，没有什么事是非干不可的，只要与家人聚在一起，做任何事都有意义。夜色渐深，困意袭来，强撑着眼等待新年的钟声，伴着《难忘今宵》的余韵进入黑甜梦乡。

将近四十年的难忘今宵，观看春晚的载体不断变化——从屏幕就像一本杂志那样大的黑白电视到大背头彩色电视，再到超薄大屏高清电视，发展到电脑网络……佐餐春晚的菜肴日益丰盛，餐桌边家人的衣饰日渐华丽，压在孩子枕头下的红包越来越大，客厅一角堆积的礼物甚至成为老人的负担。可我们觉得没意思了，节目不好看，菜品不好吃，在家没事儿干，与老人没得聊。回家过年仿佛是被习惯推动的不得已，而不是发自内心的渴盼。

二〇一三年除夕，我和妈妈去姨姥姥家拜年，老两口正在专心看春晚。聊天时，我吐槽春晚越来越难看。姨姥爷说："咱们看事物要看两面才不会失之偏颇，今年春晚数字虚拟技术是首次应用，声光电效果震撼。这也说明我们的国家一直在发展进步。"回家后，当《难忘今宵》的歌声响起，我还在想着姨姥爷说的话，为什么我看不见这个显著的变化？是因为我的关注点在于挑毛病，并不是客观公正的评论态度。为什么我要把重点放在挑毛病上？是要随众以证明自己在人群之中，通过人云亦云的吐槽显得自己更有品位。我真的觉得春晚更难看了吗？对于我来说，每年春晚能够记住的节目不过两三个，平心而论，当年的武术《少年中国》、小品《你摊上事儿了》、宋祖英联手席琳·迪翁的歌都让我感到惊喜。其实，随着时代发展，人们追求张扬个性，获得资讯的渠道更加多元，电视节目选择更多样化，甚至各地方台春晚、网络春晚与央视春晚打擂，大家觉得春晚品质下降是正常。我反思的是我自己的随波逐流，丢掉了用自己的心看世界的能力。不只是春晚，还有工作与生活，我都只顾着挑毛病，对那些好视而不见。

只有亲人和最好的朋友，才会在发现你走偏了道路的时候批评提醒，不顾及你是否会不快、会误解、会记恨。我想姨姥爷表面说春晚，真正的意图是纠正我对方方面面不满意的处世态度。姨姥爷退休前是学校的政治老师、教导主任，曾经关照过我们姐弟几个的生活和学业，教育我们如何读书和做人。在我毕业这么多年之后，他又给我上了一课。

"青山在，人未老。共祝愿，祖国好。"难忘今宵，难忘团聚的幸福，难忘亲情的温暖。

舞秋风

　　秋风摇动龙爪槐，点点阳光在金色的叶片上跳动起来，闪人的眼。龙爪槐的树冠部分被框进玻璃窗，变成一幅题名金秋的画。

　　我单位宿舍是十几年前的装修风格，深胡桃木的门窗口，四白落地的墙面，两米见方的白色塑钢窗。宿舍窗外是一块草坪，继而是灰色的围墙，围墙外面是车水马龙的公路，路边种着一株一株龙爪槐作为行道树，过了马路是一片商铺，过了商铺有一家加油站，再往前就是通往北京的高速公路入口。围墙阻隔，透过窗玻璃，我只能看见龙爪槐，看不见更远处的风景。围墙、草地、龙爪槐都是寻常的东西，又是如此杂乱的组合，日子久了，住在房子里的人便只使用窗子通风这一功能，忘记了窗子还是一双通往外界的眼睛，在开窗关窗的时候，都对窗外视而不见。

　　这一天，我值班无事，躺在床上，在低的视角下，忽然发现草坪消失了，围墙消失了，树冠消失了，窗框变成画框，框定龙爪槐斜伸向前的次主干树冠，形成典型的三角构图。

画面中，天空如同被水洗过，蓝得发亮，茂密的树叶已经变黄，满树碎金。痴痴地看了一会儿，我赶紧跑到同排另外的房间，窗外同一棵树，却是半圆的树冠，树冠处明亮，主干处幽暗，满树半黄半绿的树叶在风中摇曳，乱糟糟地拼接着灰色的墙和枯黄杂草覆盖的地面。

我想起早上去村委会办事，明显感到秋凉。我裹紧薄棉服，还是打了个大大的喷嚏，回到单位洗手，手比自来水还冰。我从窗子看到的那棵龙爪槐，长在通往村委会的路边，我必是经过了它，我忽略了它。它与所有行道树一样，普通又萧索。它的树下落满了叶子，树上残留的叶片上布满了虫眼，在秋风中发出哗啦啦的声音。秋风一阵比一阵烦躁，龙爪槐哆嗦着将成串的树叶抖落，使人读到飘零的悲凉。

一棵树，在不同视角下，呈现不同的姿态，不同的姿态在不同人的眼睛中有着不同的解读。

这棵龙爪槐经历了春天的风夏日的雨，忍受了虫害的侵蚀，承受着每日车来人往的噪声与灰尘。我替龙爪槐觉得委屈，龙爪槐自己却并不觉得。春风吹过，它发新绿，夏雨淅沥，它绽放白色花朵，而今它结着圆鼓鼓的豆荚一样的果，感受到了秋意，于是隔离了树叶，确保树根和树干中储备足够的营养抵抗寒冬。对于一棵树来说，没有那么多情绪，萌芽就是出发，落叶就是回家，开花结果为了繁衍，四季轮转不过是风景在变化。这棵龙爪槐，和所有行道树一样，和所有树木一样，按照生命的规律，无视生活的环境，单纯而认真地活着，一年比一年更粗壮高大。它们不去想能否成为栋梁，它们悄悄就成材了，在夏日撑起阴凉，根系抓牢随时准备流失的土壤。

窗外的草坪春夏也是绿油油的，零散开着黄色的蒲公英、蓝色和粉色的牵牛花，蒲公英金黄的花朵枯萎，会结出毛茸茸的种球，风一吹，满世界流浪。草丛中，也有甲虫和蚂蚱，也有小蚂蚁辛苦地搬运食物碎屑。树梢上，有喜鹊、麻雀、乌鸦在歌唱。大自然中的万物都在蓬勃生长。这些，并不是我看见的，而是在一刹那间从脑海的知识库和记忆库中跑了出来。我已经太久没有认真看看窗外，没有走出去在田野里奔跑、寻找、发呆。龙爪槐无视外界的世界，是因为它的根专注于向土壤更深处探索，它的枝叶执着于向着蓝色的天空伸展。我无视窗外的世界，是因为我的激情在枯萎，我已经太久不好奇了。

曾经我是个好奇的孩子，热情又好动。当我还在咿呀学语蹒跚学步，我的世界是家中的大炕。我每天都要趴在窗前，往外看，窗外是变幻的景色，窗外是自由的风。街上有小贩在叫卖，大黄狗汪汪汪叫着跑出去，小花猫优雅地在屋顶上踱步，飞鸟落在院子里，啄食遗落在土地上的玉米粒。冬天窗上结了冰花，有的像是树林，有的肖似房屋，有的仿佛高山，有的如同河流。小小的孩子看呀看不够，伸出温热的手指点点画画，树林没了，变成三角，河流化成水印。玻璃上的世界消失了，小孩子觉得索然无趣，换一块玻璃，继续看，继续画。每一笔下去，都表达着想到外面去的愿望，走很远很远的路，欣赏好多好多真实的风景。

我长大了，开始走出家，走出村子，走出省城，在陌生的城市认识陌生的人，品尝陌生的美食，尝试陌生的游戏和工作。我捡拾陌生的花朵和树叶，夹在日记本中，我渴望将所有的一切都牢牢记住。陌生的人擦肩而过，或者变成熟悉的朋友或者变成亲密的爱人，将新的故事、欢笑和泪水写进我的生命。我和朋友出去玩，我们挑选酒店首选靠窗的房间。我们在十六层看窗外飘动的云，在海边看窗外碧蓝的水，在林间小屋看风摇动一株株阔叶的树。我对世界充满好奇和欲望，即使在梦里我也要听风带来的不同故事。

然后，我如同漂泊的蒲公英，飞累了停落在城市的一隅。城市的街道两旁不仅有龙爪槐，还有八棱海棠、银杏、枫树、松柏、灌木，城市的公园里不仅有喜鹊、麻雀，还有野鸭、白鹭。当窗外所有新奇变成寻常，我把自己关在另外的一扇扇窗户里，忙着自己的生活琐事，即使外出，也像带着四面的墙和一扇可随时开关的窗，不得不交往时开窗展露妆容精致的笑，可隐入人群时关闭门窗沉入自我世界的幻境。

我不再好奇变幻的风景，我不再渴望自由的风，我待在家里，在南边的窗前种花，在北面的窗前做饭，在卧室的窗下读书睡觉。

我家楼后是初中校园的操场。那年九月一日，开学的日子，女儿早上离家到窗外的这所校园里读书，我在厨房里洗碗，忽然听见演讲声。学校正在举办开学典礼，校长、老师代表，学生代表先后发言，发言主题是"让梦想照进现实！努力只为遇到更好的自己"！

我关掉水龙头，擦干手，像个孩子似的参加这场开学典礼。年华易老，记忆却越发清晰。自己当学生的琐碎日常，争吵打闹，仿佛都被时光涂抹了金色的光晕，点缀在记忆的花园里，美好成一幅画、一首诗、一曲可抵万金的菱歌。而今，我却忘记了那个曾经梦想在更大更高天空中飞翔的自己，我甘愿把自己关在窗里，关在日常琐碎之中。我对自由的热爱，对成为更好自己的欲望，比不上孩子，甚至比不上我的奶奶。

我的奶奶是一个闲不住的人，她生养了五个孩子，又帮助孩子们照顾孩子们的孩子，最忙时同时照顾四个孙辈。生活没有奖赏她闲暇的时光。她生命的大部分时间都生活在院墙之内，窗内哄孩子做饭，窗外洗衣服种地，甚至上街和女人们闲聊家长里短的时间都有限。她老了，生病了，躺在炕上等着儿孙们照顾。农村院子大，家家养着猫猫狗狗，平日关着街门，寂寞安静。我去看她，刚到窗前，就听见她的声音："谁呀？"她已经不能坐起来趴着窗看看来人是谁，她依然对世界充满好奇，用耳朵随时关注窗外的声响。我坐在奶奶身边，听她讲当妇女主任时去北京看毛主席，孙辈大了后女儿带她坐火车去看海……她被疾病束缚在房间里，心却一直飞在过往的天南海北。正当我思绪万千，突然窗外一阵狗叫。两只小狗比赛着跑向铁门，蹬直两条后腿，伸直两条前腿，把头压下去，从铁门下的缝隙向外看。它们的姿势很像瑜伽里的顶峰式，本着对更大天地的向往，它们自学成才。"别理它们，它们听见街上过车，也想跑出去玩。"奶奶对我解释道。我知道，奶奶也想到窗外去、到县城去、到海边去，我们习以为常的自由，对此时的她来说却是不可企及的奢望。

　　窗外蓝天白云碧草，阳光耀眼。操场上开学典礼已经结束，我还陷在回忆之中。孩子们像树叶一样闪闪发亮，发亮的是他们的青春，是他们的梦想，是他们为了梦想奔跑的模样。我眼中的一切定格成一幅色彩绚丽的图画。我看见自己站在孩子中间，想象着我想要奔赴的远方，到底是什么模样。

银杏飘黄

　　银杏最耀眼的时刻，妥妥地是在秋天。

　　冬天，所有树木都将苍劲的枝干直指长空，一般人分辨不出树木的品种，大地萧条落寞，朵朵红梅才能点亮赏景人的眼睛。夏日，整座山、整个城市都是郁郁葱葱，当我走近某一棵树，也许能够从叶片形状的不同判断出这棵树的名字，在远处，我却只望见一片苍翠欲滴的绿意，不分彼此地蓬勃生长。春天，是花的主场，是杨柳的季节，属于青青草色，属于微微细雨。等到了秋天，银杏树满目流金，落叶蝶飞，突然从众树之中班行秀出，变得出类拔萃。

　　古时，银杏树多植于南方。据说北京种植银杏的历史，不过一千来年。宋朝阮阅在其编撰的《诗话总龟》一书中首次记述："京师旧无鸭脚，驸马都尉李文和自南方来，移植于私第，因而着子，自后稍稍蕃多，不复以南方为贵。"

　　银杏虽不复以南方为贵，在北京依然是稀有树种。直到二十世纪八九十年代，北京开始流行栽种银杏树。银杏树因其较高的观赏价值、较少的病虫害，被各区县用作行道树，以及大小公园、景区的布景。银杏树生长缓慢，寿命极长，俗称公孙树，意思是爷爷植树孙子辈才能结果。北京的很多银杏树只有三四十年树龄，并不粗大。三四十年树龄的银杏树形成规模，足以成为一道靓丽的风景。金秋时节，北京钓鱼台银杏大道、三里屯东五街银杏大道、地坛公园、北大清华、潭柘寺"帝王银杏树"、大觉寺"银杏王"、西峰寺"白果王"、红螺寺"夫妻银杏树"等地因树树灿然、遍地铺锦而变身网红打卡地。

年轻的妈妈们，如同老师备课一样认真地研究网上攻略，精挑细选确定行程，号称选中的观赏地绝对小众且倾城。然后在一个晴朗的周末，约上三两家好友，带上父母和孩子，大家直奔人山人海而去。赏叶的游人虽多，却并不会影响她们的心情。此行的主要目的是拍照，她们的攻略中自然包括如何调整机位让主角突出、背景静雅。一开始，年轻妈妈是摄影师，追着老人和孩子跑，指挥老人和孩子摆造型。孩子们的兴奋点在奔跑打闹，长辈们有她们纱巾旗袍等独特的风格。过不了多久，三个群体便各自为政。年轻妈妈互为模特，互相传授拍照经验，兴致勃勃地留下无数美照，深悔没多带几套衣服。一阵风吹过，银杏叶飞舞若蝶，再次引发孩子们的尖叫。金色的银杏树宠爱地看着这些幸福的人们。

当然，银杏树给予我们的幸福不止这一种。

我有一个朋友，是小学美术老师，经常在朋友圈分享她和孩子们的作品。有一年，她带着孩子们画月亮，每天拍下不同的月亮为模特。如果她所在的城市阴雨天气，遮蔽了月亮，她就在朋友圈"找"月亮，然后在下一条朋友圈中发九宫格标注拍摄于不同城市的月亮。她也发孩子们画的月亮，有的梦幻，有的科幻。孩子们笔下的月亮五颜六色，各具特色。那些月亮让我清晰地看到每一天的月亮都在变化，同一天不同城市的月亮各不相同，同一座城市不同人眼中的月亮并不一样。

连着好几个秋天，她带着孩子们捡拾银杏叶，在银杏叶上画蝴蝶。她们用彩笔画，后来购买专业画叶片的颜料画，有一个阶段专门用白色的漆画，接下来的一段时间全部用金粉画。她们购买厚大的蝴蝶图册逐页讲解不同种类的蝴蝶特点和习性，然后合上书，让孩子根据所见和所想画。银杏叶脱离枝干久了也会松脆枯黄，为了保存孩子们这一段绘画经历，她将银杏蝴蝶作品拍照存入专门的文件夹，后来购买塑封工具、玻璃容器将作品密封保存。拿着同样的彩笔，对照同样的蝴蝶图片，孩子们笔下的银杏蝴蝶却有着千变万化的色彩，有着千姿百态的模样。孩子们画的不是蝴蝶啊，画的是他们缤纷的童心。在她的朋友圈，我见过写真蝴蝶、抽象蝴蝶、天使蝴蝶、外星蝴蝶……那些蝴蝶个个都不同，又拥有相同的特点：每一只蝴蝶都由观察、好奇与想象创作，那些蝴蝶一天比一天笔触更细腻、线条更清晰、色彩搭配更舒服。孩子们在描绘银杏蝴蝶的同时，也将银杏叶片的色彩、形状、脉络牢牢记入脑海，他们与银杏叶、银杏树进行秘密沟通，建立起深厚情谊。

有一天，我看见美术老师朋友在微信朋友圈求助，她所在的区域银杏叶已经落尽，她和孩子们在寻找新鲜的银杏叶子。当时，我正带着女儿在北京美术馆参观。美术馆院子里有几株正值观赏期的银杏树，我们用塑料袋捡拾了满满一袋子银杏叶，希望帮助她们接续银杏蝴蝶画。可是一袋子并不值钱的树叶，不像月亮照片发个信息就能传到对方手机，我不清楚新鲜树叶保鲜期有多久，我需要跟她沟通邮寄方式，也许由于快递粗暴运输她收到的将是一袋枯黄的碎叶子。终于，我因怯于沟通，没有将银杏叶寄给她，将女儿和我的热情和善意捂坏在塑料袋里。金色的叶片在我犹豫的时光中逐渐枯黄，在扔掉叶子的那一刻，我知道自己为什么一直没有找到自己扎根的土地：自己缺少画银杏蝴蝶的孩子们怀有的纯粹和执着。

人生从孩子到成人，本应该越来越通透，我却觉得自己越来越面目模糊。正如席慕蓉所说："在一回首间，才忽然发现，原来，我一生的种种努力，不过只为了要使周遭的人都对我满意而已。为了要博得他人的称许与微笑，我战战兢兢地将自己套入所有的模式，所有的桎梏。走到中途，才忽然发现，我们只剩下一副模糊的面目和一条不能回头的路。"

路不能回头，好在可以往前去。

二〇一九年秋天，在怀柔钟磬山庄，我见到银杏最美的金黄。那时，我和来自北京各区的同学们正在参加老舍文学院散文高研班脱产培训。两周时间里，我们白天专心听作家、评论家、舞蹈家授课，或者外出实地参观，每天晚饭后大家到邻近的芦庄村采风，与村民闲谈，看遍大大小小的白花、黄花、绿葫芦，回到宿舍已经很晚，大家却还不肯休息，苦思冥想写习作。清晨，我沿着芦庄村外的马路晨跑，身边偶有车辆呼啸而过，路边的行道树种的正是银杏树，叶片黄得纯粹，透亮且透明。真好啊！在这最美丽的季节，在这最美丽的山野，我和我的同学们放下工作和家庭琐事，专心学习写作，朝夕谈论写作，这是多么美好又奢侈的事情。工作千头万绪，孩子正读初中，我曾经为参加培训设想了无数障碍，却没想到得到各方支持一切顺利。我将我的生活按下暂停键，这两周时间属于我自己，属于我的梦想。两周时间忙碌又充实，如同呼啸而过的车辆转瞬消失。但行车记录仪已将满屏的金黄存储下来，美好的记忆和幸福的感受永远不会消失。我们就像这金秋的银杏叶一样，执着于理想，纯粹在当下，不念春夏，不惧寒冬，点燃属于自己的耀眼时刻。我希望我们，也能够像这些长满金色叶片的银杏树一样，努力扎根脚下的土壤，不忧风雨，不畏冰霜，以欢喜心萌芽，开花，结果，落叶，不辜负属于自己的四季。

　　翻飞的金黄，将一段锦缎铺满我心灵的土地。

依依乡情

枫红稻谷香

我总是觉得剧中绵延的山峦、金黄的稻田是如此亲切和熟悉。直到看到延庆小河屯稻田——用质朴的植物筑就的梦境空间，才明白这亲切和熟悉来源于根植故乡的梦和期待，这实景的美和壮阔，让我更觉震撼。

第一次到稻田，经历几番周折寻找，抵达时已然夕阳西下。抓着山头不肯下山的太阳，偷偷嘲笑我们，又默默等待我们。洒满整个大地的金色光芒，慈爱、宠溺、温柔，与几百亩金色的稻田交相辉映。微风拂过，金色稻浪翻滚，搅动金色光芒跃动，宛然是天与地在细语呢喃，讲述生命的奇迹与感恩，哺育与希望。

斜阳下的稻田有着无与伦比的美丽！甫一下车，我便被它调色板一样绚丽缤纷的美深深震撼。

各种色彩在阳光下铺陈开来，主色调自然是大片稻田铺满视野的满目金黄，沉甸甸的谷穗压弯了腰，向大地母亲致敬，空气里弥漫收获的味道；脚卜是充满生机的苍茫的狼茅草、举着惹人怜爱的蒲棒的芦苇、不知名的顽强开放的杂色野花，她们摇曳在微风中，更摇曳在清澈透明的河水波纹里；四围从近到远依次是深绿、橙红、赭黄的树木，层层堆叠，笔直坚毅地向着天空生长；远方是淡淡暮色中逐渐变得深沉的墨色远山，趋近于水墨画一样的朦胧悠远；抬头，天空一碧如洗，澄净湛蓝，云朵洁白悠闲，轻舒曼卷……大自然真是一位画艺精湛的画师，以大地铺成宣纸，用时间为笔饱蘸蓬勃生机的浓墨，须臾间潇洒书就粗犷灵动的大写意，细看，又是一幅精谨细腻的工笔画。

天高云淡，风清气爽，树影婆娑，瓜果飘香，稻谷香里诉不尽的丰收喜悦……这是北国令人陶醉的秋色啊！

郁达夫曾说："我的不远千里，要从杭州赶上青岛，更要从青岛赶上北平来的理由，也不过想饱尝一尝这'秋'，这故都的秋味。"

我们何其有幸，不要不远千里，不要辗转于各种交通工具，只要十几分钟，就能在群山环绕的金色稻田饱尝浓浓的秋味。

这里更是延庆金秋季节的网红打卡地。石径、稻海、风车、凉亭、木栈道，体贴人们的爱美之心。匠心独具的设计只是轻微点缀，便将农业生产与生态休闲旅游深度融合，让普通的田野升级成摄影片场。木栈道古拙，九曲蜿蜒穿过田陌，让人既不践踏稻田又能置身稻浪，如置身童话里的绿野仙踪，随意取景都是绝佳构图的精彩大片。遗世独立的小小凉亭，妩媚的红，如娇羞的少女对着河水梳妆，蓝色的风车俏然而立，只偷下天空一抹颜色，就生动了整片原野。孩子们兴奋地笑闹奔逃，家长是紧紧跟随的摄影师，一路抓拍生动可爱的画面。女人是爱美的群体，一个斗笠、一件蓑衣，变身武侠小说里的侠女，一条纱巾、一副墨镜，摆个"POSE"就可以拍一部音乐MV。爱美的人让风景灵动。

延庆稻米曾作为宫廷贡米，名重一时。蔡家河流域沿河土壤富含硒元素，出产的富硒稻米营养价值丰富。今天为了保护北京水源地，水稻种植退出了历史舞台。这里是延庆区保留的最后一块稻田，仅有几百亩，观赏的意义远大于生产优质稻米的目的，为我们留下关于乡愁的美好记忆。在深秋稻谷收获季节，成为一道田园诗的风景线。

回家后第一件事就是发朋友圈，美景赢来无数点赞和询问："求这么美的地方的详细路线图。"也召唤出妈妈的电话："真没想到，一片稻田能够这样美，你照相的手艺不错啊。"

"您不是认为庄稼地没啥好看的吗？让您去还不去。"我挤对妈妈。

"庄稼人谁把庄稼地当风景看。种稻是辛苦的活计，弯腰撅臀地站在水里一干就是半天，一头汗，两脚泥，抬头看天都没工夫，全部心思就是赶紧干完活回家吃饭。"

我遥望的田园诗是妈妈真实劳作的艰辛。

相比玉米、小麦等几种农作物，水稻种植对自然条件要求最高：必须有水、有平整的土地、有比较固定的场所，遭受的病虫害也比较多；种植水稻也是工序最多、最耗人力的。

农活中最苦最累的是耕地。牛马很早用于农耕，但延庆以山地和平原为主，种植的农作物以玉米、高粱、麦子、黄豆等旱地作物为主，不是大面积种植水稻区，延庆稻田零星分散，从种到收主要依靠人力。临河的村庄会依着河流种植稻田，每家每户分得的水田面积都很小，村里人家又穷，也供养不起牛马，只能全凭人力。头年秋收之后，要立即深挖松土，第二年春天再进行深耕，把硬结的土壤翻松，这样水稻的根系才易于深入，水肥也易于吸收。

水稻娇气，如若田地高低不平，高一点的地方没有水，稻苗就会旱死，低一点的地方水过高，稻苗又会被淹死。所以插秧之前须压地，把水田整理得平平整整。压地的大滚子是长长的一根木头，拖在水里的木头两边拴着粗绳子，压地的人把绳子挂在肩上向前拖行。受到重力加阻力的双重作用，粗重的木头在水里增加到一百多斤，力气小的人根本拉不动。

"我们家没有男孩儿，压地的活儿只能你姥爷一个人干，他像牲口一样弓着背艰难前进，我站在田边，眼泪忍不住掉下来。好劳力拉上十来圈也会大汗淋漓。我们家只有女儿，力气小，拉两圈就没了力气，可农事不等人啊。你姥爷刚替换下来舒口气儿，就说自己歇过来了，继续轧地。那时候，我特别恨自己为什么不是个男孩子。"

水田梳理得平平整整之后，才能育苗、插秧。插秧时正值谷雨前后，北方依然寒凉，人们穿着棉袄，高高挽起裤脚，光腿光脚踩在泥里，带着冰碴的水没到膝盖，渗进骨头。插秧一刻不能歇，累极了也只能站直身体四处看看，然后继续俯身弯腰后退着把秧苗栽进水田。之后还要施肥、浇水、薅草，随时观察情况灌溉或排水。水渠狭窄，水流和缓。农时有律，遇到集中灌溉时节，农人自觉按照先来后到的原则顺序接水，甚至从傍晚排队到天明。众多泉眼先后枯干之后，用水开始紧张，个别人就不肯遵守秩序，争吵偶有发生，争吵过后彼此还会互相帮忙。村民的心像这从高处流下的泉水，简单直接，有了不满就高声说出来；村民的心又像孕育万物的大地，博大宽厚，谁家遇到急难困苦，转眼冰释前嫌，二话不说挽起袖子就干活，不求任何回报。

如果说玉米是农村吃苦耐劳的野丫头，给点阳光和雨水就能茁壮成长，那么稻禾就是戏曲里娇生惯养的贵族小姐，必须小心伺候，要不然就不给你收成。

我理解不了，明明北方以种玉米小麦为主，为什么偏偏选择辛苦种水稻？如果为了食品多样性，去买大米好了，或者用玉米去换大米啊！

母亲很无奈。我好像问了一个傻问题。

姥姥、姥爷当年最愁的就是吃饭，怎么喂饱这一大家子是困扰他们的大难题。孩子们就像屋檐下刚咬破壳的小燕子，闭着眼睛张着饥饿的小嘴，等待父母觅食归来，可是他们盛米面的缸总是那么快就见了底儿。

对于祖祖辈辈靠土地吃饭的农民来说，每一块土地都是活命的指望，必须让每一块土地物尽其用，争取最大产出。自家院子里种满蔬菜；村南的旱地，以种玉米为主，路边撒上几粒向日葵种子，再放任一丛丛鬼子姜（学名菊芋，用于腌菜）自主生长；村北的涝洼地，挨着泉眼、挨着水边，用木棍一戳就能冒出水来，种高粱、玉米、小麦都长势不好，老一辈人顺势挖了水渠，把后山遍布四处的泉水汇集到一起引进村庄种水稻，在水田之间的田垄上，还要用捅火的通条扎几个小眼，点上几颗黄豆。到了秋天，多种作物同时丰收，让他们感到无限满足，对未来充满希望。

对一穷二白的人们来说，大米还承担着育养婴儿的责任。以前农家没有余钱，商店里也买不到奶粉，没有母乳吃的孩子靠喝米汤长大。老一辈人多种尝试之后，确认黏稠的米汤最适合孩子娇弱的肠胃。现在的我们明白，大米有提高人体中枢神经组织功能的作用，稻米中蛋白质的生物价和氨基酸的构成比例都比小麦、大麦、小米、玉米等禾谷类作物高，蛋白质净利用率高，拥有含量丰富的赖氨酸。

《说文解字》里说"黄"，从田从光，地之色也。在妈妈的心中，地之色的金秋既是成熟的代名词，更是辛苦劳作的代名词。金色的稻米只是用来吃的，唯一的作用是果腹，她盯着的是水稻叶片上的虫眼、赤足踩进泥水的冰凉，是夏日炎炎头顶暴晒的艳阳、打谷场上脱粒时张牙舞爪迷人眼睛的麸皮。在我们的头脑中，这金黄的稻田象征丰收、幸福，链接唯美、浪漫，是童话意境的营造、孩子写生的现场，是骑着自行车穿梭其中成为电影主角的想象、拍下美照发圈炫耀的素材。同一个字，同一幅场景，之所以在不同人的头脑中形成不同的画面，源于不同的生活经验。妈妈的青春记忆深刻的一个字就是"穷"，她总要对我说："干这点活儿就叫苦？我们当年……"也总会对她的孙女们说："呵，这也不香，那也不好，我看你们就是吃得肚皮白了，我们小时候哪里能吃到白米饭，连窝窝头都吃不饱……"她们是在新中国成立的礼炮声中出生的一代，面对大家小家同样一穷二白的家当，唯有咬紧牙关用汗水浇灌黄土地，她们的青春只有黑白灰的衣服，所以心中也只有黑白灰的色彩，她们看见金色的稻浪能够想到的只有白米饭。

我们的祖辈们，为了满足基本的生存需要，在人与土地互相驯化过程中，积累着朴素的经验，代代传递。如同我们不懂他们算不清账的节俭，他们也不明白我们多样化的要求。今天的我们，能拿着科学书，对照热量表，计算如何营养均衡、合理膳食、增肌减脂，首先要感恩上一代人不懈努力解决了温饱。这是时代快速发展在两代人之间划出的幸福鸿沟！

人生百年，不过沧海一瞬。妈妈唏嘘这百年巨变。小时候的她无论如何都想象不出，有一天食物的种类和品质会如此丰富，食物不再是最重要的生活开支，其中水果、蔬菜的需求会远远超越了对粮食的需求。妈妈的妈妈也想象不出，女儿们可以像男人一样外出工作。她们都没想到，稻田除了满足吃的需要，还有了审美的意义。

与家人一起看纪录片《埃塞俄比亚——翻山涉水上学路》，介绍当地的小孩穿越沙漠，顶着五十多度的烈日走十五公里去读书。孩子问我："她们为什么不坐汽车去？为什么不在家门口读书？"我蔑视她："你这是'何不食肉糜'！"我问我的母亲，既然辛苦为什么还要种水稻？其实跟孩子一样问出了"何不食肉糜"！

我要带妈妈去她家乡最后那片稻田，让她穿越时空，看一看青春错过的美。我不知道她能否看见金色稻浪油彩一样炫目，还是眼前恍惚出现当年的同伴，那群穿着黑蓝灰衣服、大声说话爱笑爱闹、挽起裤脚辛勤收割的长辫子姑娘们。

　　不同的感觉叠加在同样的稻田印象中，哪一个是真实哪一个又是梦境？如何才能区分？她的真实是我的梦境，我的真实是她的恍然如梦。同一片稻田的昨日今生，是翻天覆地的时代变迁。

　　驱车前往稻田的路上，经过一个拔地而起约二层楼高的土墩。妈妈告诉我那是"下阪泉楼"，属于平原烽火台。小河屯稻田位于传说中炎黄二帝交兵的阪泉之野古战场，到了明清时期，延庆区扼守长城关隘，除了在山峦之上筑长城、建烽燧，在延庆平原地区也有不少烽火台分布。史料记载延庆境内的平原烽火台以县城为中心，向周围呈线状辐射展开，"下阪泉楼"就是延庆州城西北方向的军情信息传递和防御体系的重要一环。今天烽火台的雉堞已经消失，外表砖石脱落，只剩夯土台，极目远眺，只见群山苍翠。

　　我们路过妈妈的村庄，妈妈感慨老家屋后的蔡家河比几年前清澈了很多。蔡家河是妫河的一条主要支流，是西山永定河文化带的重要区域之一。曾经这里河道破损严重，河边芦苇和杂草丛生。每年夏季，沿途村庄的生活垃圾被雨水冲进河中、冲到农田，村民每年都要下地挖沟排水。为了将"龙须沟"变成"生态河"，延庆坚持多年治理改造，对河道进行清淤、加宽和加固、建设人工湿地景观，对沿线各村实行了垃圾分类处理，依托平原造林工程，延庆用四年时间在蔡家河流域营造出近四万亩的景观生态林，栽植云杉、油松、元宝枫、栾树等九十余种乔灌苗木，种植蒲公英、波斯菊、鼠尾草、千屈菜、水生鸢尾、狼尾草、荻等地被花卉、水生植物。这里是一幅以绵延的青山为背景、以河流为主脉、花溪呈九曲、彩林绕四园的风景画卷。这是一条陪伴着两岸人民不断奔流向前的河流。

曾经是妈妈家责任田的区域，像镜子镶嵌在大地上，能够倒映天光云影的块块水田不见了，取而代之的是成片的白杨树林。斑驳的白色树干，随风飘舞如蝶的落叶，女儿又欢呼着跑跳玩耍。曾经广袤的稻田，伴随着蔡家河流域的治理，已经变成绿化带，抵御风沙，守护北京的蓝天，更成为北京延庆世界园艺博览会的主要基础景观。

妈妈一个劲地念叨："可惜了，可惜了！那可是用山泉水灌溉出的水稻啊，打出来的是连米汤都香甜的米啊！"

妈妈怀念自己种出的水稻，更怀念旧时光里的人。亲戚上门，蒸一锅米饭，一院子都能闻到饭香，主妇们会盛出一碗又一碗，分享给大杂院的近邻；拜年买不起点心，舀出五六碗新米，再炸些炸糕、油饼、排叉，走亲访友不失体面；好的稻苗是稻作成功的关键，偏偏有时会育苗失败，但这才不会让农人发愁呢，挨家挨户问问，自然有人先插完秧剩下秧苗，送苗的人家还会帮着你一起栽种，忙完后各自回家吃饭，谁也不多计较……

相濡以沫何如相忘于江湖。我们在进步中所有的改变都不是失去，我们留恋的情谊其实并未远离，只不过化了妆以新的面貌出现。

不巧的是，抵达时成熟的庄稼已被机器收割。妈妈呆呆地看着倒伏在大地之上的金黄稻禾。我以为她觉得遗憾，安慰她明年一定早点来。妈妈却是在怀念，被我打断了回忆，"没关系，咱们去你说的九曲花溪看看吧"。她开始期待新的景物。当生活一天天变得富足，机器代替了人力的辛劳，我看见妈妈心中爱和美的种子也在悄悄发芽、长大。虽然已是银霜染白了鬓发的年纪，但从她们眼角唇边的笑容里，我能够看到青春之花在悄悄绽放。

延庆最美是秋色，可惜稍不留意，没能邂逅，就要苦苦等待一年。其实又何必要害怕错过？每个奋斗的今天，都是明天宝贵的收藏。

我没有食言，第二年，第三年我带着家人重访稻田，每一次都有新的惊喜。二〇二〇年九月，紧邻冬奥会延庆赛区场馆的延庆阪泉体育公园正式开园，成为北京市自行车运动协会骑行训练基地、二〇二〇年第十届北京国际自行车骑游大会举办地。最美稻田纳入延庆阪泉体育公园之内，盛装迎接二〇二二年冬奥会，接待八方来宾。延庆阪泉体育公园中驿站、座椅、卫生间、停车场、指引标牌，一应俱全，田园景观、池塘水湾、烽燧遗址、森林绿道、景观水系相互交错，拥有单圈五公里和十公里的专业公路自行车赛道，以及三十三公里徒步健身绿道，实现了"体育+旅游""体育+生态"的纵深发展。周边还有特色民宿、稻蟹岛、古崖居等景区。随着配套设施越来越齐全，我带着家人在稻田停留的时间越来越长，从拍一两小时照片就走，到后来半天骑游，再到全天郊游，再到在附近住下周边深度游。最美稻田成为满足不同年龄、不同层面市民不同需求的最好休闲之地。

　　一片稻田留住了我们的乡愁，更教会我发现、记录生活的变化，感恩、珍惜美和幸福。

古寺听书

下午的太阳收敛了暴躁，金色的光束慵懒地织出柔和的霓裳，斜斜披在青瓦朱墙上。微微的风带来妫河水清新的湿润，不动声色地把喧嚣抚平。厚重的门半开半闭，一份沉沉的静雅从容，便从半开着的那扇门倾泻出来，拥抱住拾级而上的我。

面前这座古寺，有着八百年历史，曾经是护佑一方百姓的神祇，走过兵荒马乱，历经岁月沧桑。老人们曾说灵照寺是延郡胜景之一，灵气所钟，若是虔诚祷告皆会得到佛祖的保佑。人的内心越是恐慌，双手越是抓紧缥缈的希望。这座寺曾经香火鼎盛，曾经是居住在这座城市的普通百姓的精神依靠。

寺庙今日的意义是历史文化遗产。佛前没有跪拜的人，寺院很安静，那些负责洒扫的工作人员和志愿者，低头安静地干着手中的活儿，抬头就露出灿烂真诚的微笑。我的心一下子就沉静下来，其实简单地做好每一件事就是单纯的幸福。心安福至，正是我们向佛祈求的。

站在灵照寺门前，居高临下，回望马路对面的夏都公园，我总会有片刻恍惚。千年的岁月扑面而来，从黑白到彩色，从匆忙的苦涩到悠然的恬淡。

公园里，悠闲的人们绕着碧波荡漾的妫水河散步，莲花湖码头上的大型游船仿佛在邀约启程去实现远航的梦。湛蓝晴空下波光粼粼的水面，水面上茂盛的芦苇和怒放的荷，以及散落于公园各个角落的现代雕塑、欧式建筑、廊柱，无一不在体现着静谧祥和，岁月静好。

古香古色的建筑群安静地伫立在现代风情的高楼大厦之间，默然细数千年风云变幻沉淀在记忆里的点点滴滴。

这座始建于金代的古老的寺院，正统五年（1440 年）秋明英宗敕赐额曰"灵照寺"，历经兵燹，几度兴废，此时，它眼前流淌着的那些声名鼎赫的风光与金戈铁马的血腥岁月，能否在它心中激荡起曾经的雀跃或是欢喜？也许，它已如一位睿智的老人、一个心如古井的僧人，波澜不惊地静静享受现在和平的光阴，笑看云卷云舒、花开花落。

院子两侧配殿摆放着碑林、经幢、石狮子等石刻文物，这些文物曾经散落在全区村头巷尾，被文物工作者收集保护起来。与其他地方石狮子的威武霸道不同，延庆的石狮子可爱且充满喜感。看着它们，总是让我想象雕刻这些狮子的延庆工匠，内心怀着怎样的纯朴、善良，用心地一刀一刀在石头上撰写不喜刀兵的心情。

第一进院落里，两株高大的黄金树，硕大的心形叶片在微风中飘摇，把整个院子染成阴凉的绿色。穿过月亮门走进第二进院子，院子里种满玫瑰。每次看到那些玫瑰，我都会想：属于我的那一朵盛放在哪一秆长满刺的枝头？就像小王子拥有属于他自己的玫瑰，不同于整个花园五千朵中的任何一朵。享受现代生活的我们拥有随手挥霍的物质，还一直在奔跑追逐更多的资源。相对于灵照寺的静与不变，夹着寺院的两幢高高的快捷酒店，却代表着现代速度，装潢数百间雷同的房间，供游客拎包入住。游客入住临时的家，他们在这里为疲惫的身体充电，心灵却得不到片刻放松，入梦依然在筹划明日的行程。新的旅程能否延续昨日的梦？或者匆匆前行原本就顾不上关照心灵。

一朵玫瑰安放着小王子的心，寺院曾经安放了历史的信仰，今天的我们却像一朵不停漂泊的蒲公英，向上飞行，无法定位方向。也许，我们需要时时停下来，等一等灵魂，问一问自己梦是什么，守护的是什么。

二

走向院落东侧不被人注意的角落，推开一扇朱红的门，走进小小配院，抵达目的地评书馆，用按下暂停键的两个小时，静静地听一场书，也是静静地与自己心灵对话的过程。

延庆文委、延庆文联为了满足延庆百姓的精神生活需求，定期举办"一式三场"精品演出，把大腕请回家，让老百姓在延庆就能看到京剧、歌剧、话剧、音乐会……他们协调相关部门，把寺院闲置的房间开辟成文化事业发展的场所，为热爱传统文化的延庆人提供舞台。

古寺不再是人们匍匐下祈求神赐予衣食的圣殿，摇身一变，成为追逐梦想的人们浇种希望的舞台。千年岁月变换了环境，变换了人们的信仰，千年岁月不能改变的，是人们对美好生活的向往。

评书馆有四位说书先生，他们的梦想就是把评书事业发扬光大。最让我感动的是他们赤诚的初心。初心常常被我们大多数人遗忘，"我们已经走得太远，以至于忘记了为什么出发"。因为忘记了初心，我们走得十分茫然，我们为了柴米油盐而奔波，却忘记去擦拭内心深处那盏明灯，我们为了蝇头小利沾沾自喜，却忘记自己最初的方向是哪边。

我永远记得，不同时间走进灵照寺内评书馆的温振鑫、周雷，用怎样惊喜的眼光看着那屏风，像抚摸孩子一样温柔地抚摸那些桌椅，他们说："这太像传统说书的场地了，这地儿太好了！看这桌椅，老先生们说书就用的这样古朴自然的桌椅。就为了这样的书场，咱们也要把评书代代传承下去。"

温振鑫第一次在这房间里说书，就把房间的红柱子说进了《哈利·波特》故事里。参与整个房间设计、布置的林遥老师，不厌其烦地向每一个第一次走进书馆的人介绍：这些桌椅怎么复古，房间里充满巧思的细节打造过程，负责文物管理的海宽同志如何用心细心……让人感动的是，他们每次说书，都要耗时三四个小时，他们无论寒暑，不惧风雨，却甘之如饴，只因为这里为他们提供了可以将评书说给大家听的舞台。他们每次说书，都精心准备，声情并茂地演绎故事，吸引得观众忘记时间。他们是真的爱书、真的爱听书的观众。

三

几位说书先生激昂的话语、眼睛里闪烁的光芒，为我解读了热爱两个字。

因为热爱所以痴狂，因为热爱所以激发了内心强大的动力。因为热爱，所以坚持。因为坚持，才能成就梦想。也许每个人在一生中都会树立很多目标，或长期或短期，或大或小，有人不断调整方向，有人走着走着就把目标忘记，有人因为怕苦，因为畏难，因为看不到成功的可能就把梦想扔掉。面对挫折和困难，我们常说太难了，我们常常抱怨自己不得不向这个社会妥协，但是那个让自己妥协的巨大阴影又何尝不是立场不坚定的自己？

林遥、周雷、温振鑫，他们现在从事的工作也与评书八竿子打不着，他们常说自己一直不相信会有机会说书，没想到能够站在评书馆的舞台上，没想到能赢得延庆朋友的喜爱，没想到说书专辑能在喜马拉雅电台接受全国听众的评判。我问他们，如何走上说书之路。他们回答单纯因为喜欢，于是听着录音一句一句学，一个字一个字抄到笔记本上背，就连走路时脑子里想的都是这段书老评书艺人怎样处理，这里应该配上什么动作。他们说，不过是喜欢。为了这份喜欢，他们把所有业余时间都用于钻研自己的爱好，盯着电视看，抱着手机听，对着墙壁练，几十年如一日地细心揣摩，只问耕耘不问收获。就像小王子被玫瑰驯服，然后也驯服了玫瑰。爱评书的人被评书驯服，然后也逐步将评书驯服，建立关系，互相守护，于是幸福的味道被兑进生命中，生活开始有意义。

温振鑫不满足单纯的继承，他喜欢创新。记得说《哈利·波特》时，他自编小精灵多比的一段贯口，晓畅通俗，风趣幽默，清楚地介绍了精灵的前世今生，观众热情的掌声经久不息。为了这一段贯口，他背了一个星期。

周雷的《姚家井》把我们带回老北京。有一回书是说老北京人办婚宴，详细讲解流水席八碟八碗具体做法，让听众大开眼界。是啊，现在别说知道流水席怎么做的少，就是吃过农村婚宴流水席的也没几个人呢。

林遥是作家，却热爱评书，多年坚持推广评书事业，可谓功莫大焉。他从一个人说书到拉动师兄弟一起说书，从观众寥寥无几到有孩子们积极学习评书，近十年的甘苦他人不能体会。最小的说书先生是小朋友郭莫野——林遥的公子，已经能背诵数十首古文和评书贯口，是小朋友们崇拜和学习的榜样，每次开书先垫场。他曾经流畅说下四百多句的长贯口，震惊全场。

他们每个人都有不同的风格，但是每一种都恰好是我们喜欢的。

四

世上没有随随便便的成功。

说书是考验能力的一门功夫，因为要根据现场情况随时调整内容，就需要有渊博的知识做保障。谁的成功都不是一蹴而就的，而是经历不断读书蓄力，勇敢跨过挫折失败，持续付出艰辛努力，汇集一点一滴的努力，集腋成裘、聚沙成塔。

我记得刚开始说书时，温振鑫和林遥也会紧张，下场的时候也会互相取笑，彼此指正，而今已然行云流水洒脱自如。温振鑫评说西方的哈利·波特，会插入传统京剧唱段，兑进相声贯口，还让人觉得舒服自然。印象深刻的是有一次温先生正说着书，台下手机播放出"枣，色红"，气氛顿时尴尬，但是温先生随即把吃枣的相声段子放进哈利·波特、赫敏与老师的对话中，赢得一片掌声！林遥每次说《西游记》先讲上场诗，他说的上场诗，有现代诗，有古体诗，有外国诗，古今中外跨度极大。他讲的《西游》更是覆盖儒释道思想，贯穿时空、经典名著、各种文学体裁。讲到平顶山伏魔一章时，他用一个小时时间讲清世界几大文明渊源及几大文明之争、金角银角大王的五件法宝怎样对应五行……台上一分钟，台下十年功，洒脱源于自信，自信的基础是拥有足够的能力。

评书老师们说感谢大家喜欢他们的书，而我却要说感谢你们让我看到爱和坚持的力量，让我看到努力向上的幸福，让我也在心中悄悄种下一个梦想，点亮通往未来的方向，然后坚持不懈地为之奋斗，当机会来临，立即乘势起飞。即使真的因为因缘未到，因为天分不足而始终无法达到预期，为了梦想奋斗的过程也会收获许多经验和教训，让我不断成长为更好的自己。

手中富贵牡丹的青花瓷茶杯，氤氲着茉莉花的香气，窗外的朱甍黛瓦之下，俏立在月亮门畔的杏树已经满枝艳红。一阵风过，落英缤纷，美不胜收。花瓣如雨，萦绕心头，或许某日某时再到这里，会发现花瓣褪尽，结满小小的青杏，又或许下一次抬眸，已是满枝硕果累累。学习、工作、爱好亦如这枝繁叶茂的杏树，只有春天勤于耕耘，才能在金秋遇见丰收。若是春日荒废岁月，盛夏沉沦过往，再美的杏花春雨，亦不过是记忆里凄清的离歌。

踏进古香古色的灵照寺，步入评书馆中，静一静凡心，品一品香茗，聊一聊珍本道活儿评书，寻一寻中西合璧的哈利·波特，想一想侧重于文学知识的《西游记》，忆一忆老北京姚家井的故事，还有那些孩子们稚气犹存的学书小段儿。短短两个小时的时光，屏蔽掉生活中的琐碎烦恼，把心灵放成空杯，不再计较蜗角功名，伴随抑扬之声走进历史、走进幻想、走进书籍，体味几许努力、几许坚持、几许痴狂。待一场书散，各携收获，以更饱满的热情重回蓝天碧水的现实世界。此刻，院里芳草正绿、玫瑰正香。

幽谷秘境

我仰着头，望道路两侧山坡上高达十余米的枝叶繁茂的树木。我一直傻傻地分不清暴马丁香与其他卵状叶片的树木的区别，同样向阳而生，同样绿意盎然，同样风起歌唱。每到六月，这里就变身为"北京最香的山谷"，漫山遍野的暴马丁香让整个森林充满浓郁的香气。丁香之所以令人喜爱，除了它素雅清纯的美丽和沁人心脾的幽香之外，还因为它是爱情与幸福的象征，常被人们誉为"爱情之花""幸福之树"。

我也傻傻地分不清各式各样的松树，据说松树有八十余个品种。我特意请教了朋友，公园里种植的松树主要有油松、华山松、樟松、白皮松。朋友介绍之后，我认识了白皮松，仍然不能独自分辨出其他松树的区别。我眼中每一株松树长得都一样，都是针状的叶子，或二针，或三针，或五针结成一束；都会在金色的秋天挂满随风轻晃的塔状小铃铛——松果；都是充满勃勃生机，全年穿着四季常青的衣裳，由春到冬，绿色也由浅向深逐渐变化。它们同样高大挺拔，同样树冠蓬松，同样傲雪临风。每次看到它们，都会想到岁寒三友，想到不畏逆境、直面艰险的坚韧精神。"松柏本孤直，难为桃李颜。"（李白《古风》）"君不见拂云百丈青松柯，纵使秋风无奈何。"（岑参《感遇》）从古至今，多少文人墨客赞美青松高贵的品格。

北京八达岭国家森林公园丁香谷风景区，主要树种是暴马丁香和松树。一走进丁香谷，整个人便放松下来，被安静拥抱住、被清新亲吻着。

孩子们如同放归大海的鱼，早就玩嗨了。他们在休息区的秋千、竹马上比赛速度与高度，在木桌上用小石头当棋子玩老虎吃猪游戏，在森林里追蝴蝶捉昆虫收集好看的花和叶。他们玩职业扮演游戏，假装自己是大明星，把森林中间空地当成舞台，把四周的树木当成万千观众，兴高采烈地表演节目。风起，阵阵松涛就是经久不息的掌声雷动。孩子本就是大自然的孩子，走进森林便进入绿色童话世界，立即与树木成为亲密的玩伴。

朋友的妈妈却让我认识到山林里藏着无数宝藏。她钻进一片密林，返身再回来时，手中多了一捧蘑菇。我们追随她的脚步，在树下拨开厚厚的落叶反复寻觅，也没找到几朵可以食用的菌类。她在很远的距离，就发现那株挂满松塔的松树，她摘下的松塔都有饱满的松子，我们摘的松塔十个有九个里面的松子是瘪的。她快速把松子剥离出来，让我们品尝，清香清新清爽的味道，让人欲罢不能。我们惊奇这东西原来不炒也能吃。她还会随手挖出一株植物，告诉孩子们这种植物叫什么，有什么药用价值……朋友告诉我，母亲从小在大山里长大，大山养育着他们，森林在物资匮乏的年代里给了他们食物的馈赠，更给了他们贫瘠的童年无限的乐趣。现在只要有时间，她的母亲就会到有山有树的地方走一走，转一转。仅仅是在森林里走走转转，就能为她打开哆啦A梦的任意门，带她回到童年去，为她加满了油、打满了气，让她的内心充满快乐和希望。

森林具有独有的力量，能够让人放松和舒展，幸福和平静。在森林里，人是轻松舒适的。

我喜欢顺着蜿蜒的山路，在浓浓的树荫遮蔽下，迎着阳光的方向，朝着山顶一路向上前进，就像暴马丁香一样向阳生长，向阳开花。我怀着朝圣的虔诚，在这只有鸟鸣与草木香气的山林里行走，每一次呼吸都将内心的烦躁置换成平和的心境。我也喜欢安安静静地坐在某一棵松树下，面对整片森林扑面而来的绿色波涛，我感觉自己如此渺小，我感觉自己被融进这浓得化不开的绿色中去。融进绿色，就可以放下所有纠结和纷扰，忘记我自己是谁。在这里，我好像能够听到每一朵花的低语，听到每一片叶子的轻笑，感受到背靠着的这棵树的心跳，那心跳已经温和持久地跳动了几十年，还要继续稳定地跳动上百年，上千年。

我不知道，此时我背靠的这棵树是否也在倾听我的心跳。我只知道，这一刻，我是如此想要更多地了解它、了解它们。面对这静谧的绿野，我觉得自己是如此无知，这无知让我不能更好地去聆听它们，不能更好地去爱它们，更不要提去关照它们。

在森林里，我不再是孩子的带路人，他们变成引领我的人。跟随孩子们的节奏，从森林的深处往回走，不远的路程却用了很长时间。他们要玩小火车，他们要坐小木桌，他们要在森林教室里看每一个展品，他们要读路边介绍森林知识的标牌……忽然想起张文亮的诗《牵一只蜗牛去散步》，跟着孩子，我也慢了下来，仔细观察森林的细节，体会世界的美好，于是闻到花香，听到虫鸣，感受到风的温柔。

丁香谷风景区其实只是组成北京八达岭国家森林公园的小小部分。八达岭国家森林公园很大，由一座座森林茂盛的山林组成，是个天然大氧吧。公园总面积达到四点四万亩，包括红叶岭风景区、青龙谷风景区、丁香谷风景区、石峡风景区，詹天佑修建的中华第一条铁路——"人"字形铁路也位于公园境内。北京八达岭国家森林公园几个景区可以说各有千秋，我却独爱丁香谷的清静幽雅。尤其是深秋，对面山岭上红叶已然飘零成时光之歌的尾音，丁香谷里依旧是高远的天、长青的绿、沁人心脾的空气，以及可以穿透灵魂的静谧。日常生活是纷繁的浮躁，这空谷幽幽就像开给灵魂的药，让人停下来，淘洗掉过多的欲望，沉淀出孩子一样简单透明的快乐。

室外玩够了，跟着孩子走进森林体验馆。我依然是孩子们的跟班。这座培养生态素养的国内首家互动体验馆，通过互动、多媒体、展板等方式，展示了八达岭的森林变迁、森林艺术，用自然生动的方式让孩子快速地了解八达岭的森林和文化，带着我们走进森林，走进森林大家庭的动物植物，了解森林资源的用途……如果是大人游览，半小时就能走一圈逛完体验馆，孩子们却要在这里待上两个小时。他们整体参观并逐项体验互动项目，然后分散在各自喜欢的角落里，沉浸在各自的欢喜中。朋友的孩子最爱书吧，他喜欢坐在原木色的桌子边，一边看介绍森林、动物、植物的书，一边透过落地大玻璃看外面蓊郁的树木。我想他的思绪一定飞得很远很远，飞到我看不到的地方，看见满天星斗亮丽，听到密林仙子私语，闻到神奇隐秘的甜香。总有一天，他们目光坚定步伐矫健，走向更美好的生活和希望，将我，远远地落在身后。而女儿又去看了一遍昆虫的标本，然后就停留在手工坊，学习怎么用小木片、松塔做手工。我好奇孩子们的脑子里装了多少奇思妙想，才能把同样的木片变成千姿百态的装饰品。这是多么宝贵的好奇和热爱，就如同一盏灯，永远照亮他们前方的路。

　　我听说公园经常组织丰富多彩的森林体验活动，由自然体验师给孩子们布置活动探秘任务，让孩子和父母共同完成任务。体验师带领孩子们仔细观察动植物，寻找不同颜色的花朵，分辨不同种类的松树、啄木鸟的洞、动物的粪便、人工鸟巢、昆虫、鸟类等。大家一起玩蒙眼毛毛虫、我的树、大风吹等游戏，让孩子们在森林中打开"五感"，去探索发现森林的奥秘。这样真实快乐的森林体验，把枯燥的知识变成有趣的游戏，把陌生的自然知识活化成孩子喜欢接受的内容，一定能够让孩子对自然有更深刻的记忆。可惜心向往之，却一直没能参与，于是更添期待。

带着孩子们，更让孩子们带着我，在森林公园里待上一天，做一天心无杂念心无旁骛的孩子，是多么幸福的事情。也许多年后，今天这些小小的孩子，会忘记曾经跟着我走过的千万个地方，忘记夏日的丁香和秋天的红叶，忘记在八达岭国家森林公园里度过的清静平和的时光。但是，他们总会记得曾经呼吸清新空气的欢畅，是来自朴实的树木的馈赠；他们总会记住爱与幸福是一种花语，更是一种祝福，坚韧不屈是一种品质，更是一种激励；他们会将对自然的热爱融入血脉，珍惜一花一树一鱼一鸟。

我们与林中的松树、草丛的鸣虫一样，都是大自然的孩子。

林荫路

　　是否每个女孩子心中都藏着一个梦想着的地方？这个地方，可能真实存在，也可能根本是由幻想生成，小心珍藏，不肯告诉任何人，就在心中悄悄搭建，等到搭建到完美，再悄悄把心上的那个人放进去。就像小女孩儿过家家，围着床单，却假装那是华美的蓬蓬裙礼服，被流鼻涕的小男孩牵着，也会觉得他是风度翩翩的王子。是否女孩子的心中，都藏着美好的梦境：一个地方，一个人，从此岁月静好。

　　我从小心中那个梦想的地方，是一条路，一条夏天浓荫葱郁筛落碎金、秋天金色落叶翩若蝶舞的林荫路，两侧树木的枝叶在云端相互碰触，肥沃的土地下盘根错节的根须彼此交叉。树的脚下，还要有由小朵野花连缀成片的锦缎，把小巧单薄的花朵开成如火如荼的热烈，充满自信和生机。若有微风拂过，鲜嫩翠绿的叶子轻轻摇动，沙沙作响，像是在唱一首婉转悠扬的歌，又像低声倾诉隐秘的心事。这世上最浪漫的事，就是和最喜欢的那个人走在那条路上，心怦怦直跳，手紧紧相牵，把自己融进这风景，留给世界的只是相偎相依的背影。

　　我问自己，为什么会在心中绘出一条长满树、开满花的路呢？

　　我想，表面的原因是少年时对相关贺卡的惊艳。年少的我们总是万分珍惜友谊，又总是苦于囊中羞涩无力表达。在过年的时候、毕业的时候，总会和同学们互送贺卡。我收到最多的是那种对折的卡片，整幅画面是延伸向远方的林荫路，金色的路、绿色的路、开满鲜花的路，路上总有两个人，手牵手的、面对面的、男孩骑自行车载着长发姑娘的，卡片外面再罩着一层磨砂纸。我们隔着磨砂纸去看那幅图，朦胧美好，像梦境一样；打开卡片，在鲜艳明丽画面的留白处，是亲爱的同学用歪歪扭扭的字迹写下的真诚的祝福。人生最纯净的记忆停留在最任性的青春，青春里最深刻的印象是绘着唯美林荫道的贺卡。

　　潜藏在内心深处的原因呢，是因为珍稀吧。记忆中少年时故乡的路，如乐府诗名《行路难》。我家住在农村，同学也都在农村。村庄里住着质朴的人民，随处可见的却是脏乱的黄土路面。阳光好的时候，一路疯跑，身后就带起尘土飞扬，总让我想起"一骑红尘妃子笑"，我的奔跑会让谁会心一笑呢？会让长辈皱眉，会让跟在身后的人吃土。若是阴雨季节或者大雪飘飘的日子，去读书的路程就是苦痛的记忆。小学校就在本村，所以我们走路上学，霏霏雨雪和黄土地亲密拥抱就和泥了，还会因为路面软硬程度不同，形成大大小小绕不过去的水坑，一脚下去，能看见的只有脚面，奋力抬起，满鞋黄泥。每每这时，我就想起戏文里唱皇帝出行，要黄土垫地、清水泼街，不由得感慨：古时的皇帝啊，原来也过得不怎么样，丽日晴天出行还好，清水暂可压尘，若是雨天、雪天，他连紫禁城都不敢出，岂不无趣？即使是村中的主路，也只是铺了一层沙石，路的两边没有一棵树，没有一丝阴凉。盛夏的正午，回家与返校总是匆忙，"毒辣辣的日头"这个形容词，是当年经过实践牢牢记在心里的。

更让人印象深刻的是沙尘暴。我不记得小时候的春天的绿色，也不记得早开的花，记住的只有遮天蔽日的沙尘天气。黄沙昏天暗地，我们用头巾包住头，无论走路或骑车，都不敢睁开眼睛，从睫毛的缝隙里看外面混沌的世界。世上最遥远的距离，是相逢对面，你看不见我，我看不见你。到家一抖衣服，能抖一地土，一擤鼻子，洁白的卫生纸变成黑色。沙尘天气如同牢狱的铁栅，把孩子们关在家中、关在教室里。当时还不懂沙尘对肺的伤害，沙尘天气让我们难以忍受的是不能出去玩。冬春季节的沙尘天气，祖辈习以为常，老人称之为"土赐"，中国古籍里也有上百处关于"雨土""雨黄土""雨黄沙""雨霾"的记录，最早的"雨土"记录可以追溯到公元前，说的就是沙尘暴。曾经多么盼望不要有春天啊，直接到盛夏好了。

那时候也害怕秋季开学，开学头两个月，第八节课全是劳动课，主要任务就是挥汗如雨地在操场上拔草和种树。疯长了一个假期的荒草对土地有着过于执着的热爱，幼嫩的手掌与坚韧的野草角力的结果就是红肿。一边拔草一边抱怨，为什么不等到冬天草枯了再开学。即使这样，妈妈还告诉我，已经有了很大改善，四十年前，延庆，目之所及，除了荒芜的丘陵，就是干裂的沙滩。当年延庆流传着这样一句民谣："一年一场风，从春吹到冬。今日风沙起，明日到北京。"说的就是绵延的青山挡不住进京的风沙，风沙天延庆先遭灾，北京城次日就是沙尘暴。

因为缺失，所以格外渴望，越发觉得绿色是最醉人的色彩，树木是最亲近的朋友，一条唯美的林荫路是心中如诗如画的梦境。慢慢长大，我也从农村走进城市，生活的圈子向四处辐射。不管走到哪里，我都首先在新的生活区域中寻找，寻找一条绿色的、黄色的或者色彩缤纷的林荫路。比如从延庆去往龙庆峡途经黄柏寺村的路，两边是风姿绰约的垂柳，可惜路很窄，路面坑洼不平。再比如从延庆去往八里庄村的路，两边是参天挺立的白杨，可惜是一条黄土路，家庭汽车没有普及的时候，骑车或步行去那条路上散步聊天具有相当大的难度。甚至在当时繁华的县城，也依然没有一条又干净整洁又浪漫温馨又静谧优雅的林荫路。想象很丰满，现实很骨感。我的路还是只在心中描画。

曾经喟叹"此曲只应天上有，人间哪得几回闻"。画就是画，画里的世界就是用来欣赏和艳羡的。谁又能想到，改革开放四十年，家乡延庆创造了荒原变绿洲的奇迹，发生着翻天覆地的变化。

仿佛一夜之间，梦中唯美的林荫路就成为随处可见的景致，心中的美好就成为普通的日常。我们可以随时约上三五好友，就近找一条路或是走进一片花海，酣畅地玩上半天，保准手机自拍的照片都是杂志封面效果。滦赤路被评为北京十大"最美乡村路"；凤凰坨步道、珍珠泉步道等步道被网友亲切称为延庆十大登山步道；与 S2 列车线路同步蜿蜒的最美公路，每到春天，就会把和谐号列车拥进花的海洋，惊艳整个朋友圈……

　　我梦中的林荫路啊，为何一下子遍布每个人的身边！那要感谢一代代"造绿"人。延庆康庄南荒滩曾经是北京市五大风沙危害区之一。刚上班那些年，我们年轻人每年都去康庄植树。同伴们嘻嘻哈哈地相互挽住胳膊，以为只要松开手，仅凭着一个人的力量可能会被风吹跑。漫山遍野都是人，仿佛全区的人都来种树了。大家从早上七点多一直干到下午四点多，用铁锹挖树坑，地很硬，是沙石滩，干一天手上磨出了血泡。中午坐在树坑上吃单位送来的包子稀粥，分外香甜。我们只负责挖树坑，专业的绿化造林队在各方面条件适宜时来种树苗，确保成活率。我以为我们挖好树坑完成了植树的一半，另一半工作是把树苗放进去，将土回填，浇水。后来看采访才知道，我们每年参加植树活动只有几天，我们挖的树坑只占植树造林的一小部分，挖树坑这个环节不过是万里长征迈出的第一步，专业绿化造林队天天坚守在荒山荒滩上。专业绿化造林队的同志回忆造林最艰难的是缺水少土，"没土，就在卵石滩上刨出一个个树坑来，从外边运来土，换上；没水，就铺管道、建蓄水池，把水从白河水库经南干渠引过来，给树浇水。"水渠建好，购买专业设备，随着难点一个个被攻破，植树造林的进度越来越快。终于建成今日"十里长山万亩绿"的壮丽景观，森林覆盖率由二十世纪五六十年代的不足百分之七增加到现在的百分之六十多。

延庆的树多了，空气清新了，环境变美了。大家忽然发现，来延庆的城里人多了，他们驱车几十里专门来看蓝天看青山看碧水看绿树，于是玉渡山、四季花海、百里山水画廊等生态旅游景点应运而生。二〇一九年，在延庆成功举办的世界园艺博览会，为延庆向全世界做了一波宣传代言。现代园艺产业向延庆聚集，绿色产业拉动农民增收。《齐民要术》里说，顺天时，量地利，则用力少而成功多。好山好水好生态，是建设绿色发展的聚宝盆。当绿色走进城市，当城市拥抱森林，这美丽风景不仅满足了女孩子的梦想，更把"绿水青山"转化成"金山银山"，让老百姓凭借这方水土走上生活富裕的快车道。

仿佛一夜之间，我的故乡从污头垢面的土丫头变身衣着娴雅的贵气公主，她被誉为北京的山水画廊、首都的后花园。一九九九年，延庆获评首批国家级生态示范区；二〇一七年，延庆获评首批国家生态文明建设示范区；二〇一九年，延庆成功举办世界园艺博览会；二〇二二年，全世界的目光关注冬奥会和冬残奥会延庆赛区的盛大赛事……

信仰之光

枪林弹雨中，我一直在奔跑，穿越重重的鲜血，跨过层层的尸骨，四周炮声隆隆，呼喊声阵阵，我的眼泪是烫的，顺着透明的皮肤流淌，滴落在横七竖八躺在地上的那些被鲜血染红的年轻脸庞之上……

黎明前夕终于惊醒，挣脱如毒蛇一样缠绕着思绪的噩梦，扭亮台灯，刺破窗外深邃浓郁的黑暗。身体逐渐放松，脸上尚自湿润，梦中的呼喊还在耳畔回旋。前赴后继的青年倒下去，又有前赴后继的青年冲上来，踩着血，踩着弹壳，跨过荆棘，跨过被炮弹炸出的坑洞，他们冲上前，不哭泣不回头，他们在呼喊：

"冲啊！为了人民！"

在梦里，我知道我在梦里，梦里的我不会被伤害，不会疼痛，也不会死，如同打开一本魔法书，跌入邓布利多的冥想盆，旁观，哭泣，心痛。

合上枕旁的《海陀风云》，一组数字却固执地在脑海盘旋：

一九四〇年一月五日，在延庆"后七村"霹破石建立了平北地区第一个抗日民主政权——昌延联合县政府，徐智甫任县委书记，胡瑛任县长。同年八月，二人遭受敌人袭击同时牺牲，胡瑛年仅二十九岁，徐智甫年仅三十二岁。

一九四三年六月，民兵岳坦为掩护昌延联合县二区区长刘文科牺牲，年仅二十九岁。

一九四四年秋，四十团的战士杜明，在攻打敌人据点时英勇牺牲，年仅十八岁。

延庆游击队长卫兴顺牺牲时年仅二十六岁；云南籍李熔旭牺牲时年仅三十岁；四川籍常嗣先牺牲时年仅二十六岁；山东潍坊高传纪牺牲时年仅十九岁……

这一组组数字，让我的手和心同时颤抖。他们是如此年轻，如同角上停落着蜻蜓的新荷，如同顶破土壤的嫩笋，如同刚刚绽放青青枝芽的小松树。他们即将迎来美丽的绽放，生命的钟摆却在平北红色的大地上戛然停住。十几岁啊，正是憧憬爱情的时候；二十几岁，正是初为人父母的时候；三十几岁，正是事业初露峥嵘的时候……为了共同的信念，来自五湖四海的他们和她们做出了共同的选择：为了人民去战斗！宁可生命随时被画上终止符！宁可上负白发苍苍的双亲，下负牙牙学语的娇儿！

一九四一年二月四日，平北军分区副司令员、八路军冀热察挺进军十团团长白乙化在密云马营战斗中牺牲，年仅三十岁。牺牲时，他甚至不知道自己走后妻子为他生下了一个女儿。直到新中国成立后，密云县整理党史到白乙化老家搜集烈士材料，他的妻女方才知晓，永远失踪的亲人竟是位大英雄！

那一年，我和朋友们一起编写《烽火海陀》和《延庆红色故事集》，为还原真实的人物，我们把时空回拨到英雄所处的时代，大量翻阅史籍资料、重温红色小说。其中关于平北地区的抗战人物与故事，多得益于孟广臣先生主编的《巍巍海陀山》《海陀风云》等一系列丛书。

书中的无数细节，让英雄不再是屹立在平北抗日战争纪念馆的雕塑，变回有血有肉的普通人：

一九四二年年底，昌延联合县二区区委书记兼区长刘文科和游击队长卫兴顺领导二区人民进行反围子斗争。愤怒的敌人烧毁卫兴顺的家，抓走他的妻子，八岁的儿子号啕大哭，追着喊："妈妈，妈妈。"敌人扬言，只要卫兴顺投降，交出刘文科，就放了他的一家大小。此时，卫兴顺带领的游击队正埋伏在汉家川村东的山林里，看得真真切切。他紧握拳头，双眼布满血丝，下达的命令却是："谁也不准动！敌众我寡，不能因救我老婆断送革命力量，招人骂！"

龙崇赤联合县一区区委书记杨克南，赴刑场前，高声唱起二黄起板："杨克南出狱来龙归沧海，骂一声日本鬼汉奸卖国贼……"并高呼："杀了我一个，自有后来人……"

打开尘封的岁月，才能体味历史的温度。厚厚十本《海陀风云》里，无数英雄喊着口号走向刑场，其中一本书中的半本都是密密麻麻的名字——抗日战争期间牺牲英烈的名字！每一个名字都曾经是一个活生生的人，背后都有一个温馨的家。面对入侵的敌人，面对卑鄙的叛徒，他们牺牲小我，牺牲小家，只为了心中崭新的中国！为了让他们的孩子、他们的同胞再不当亡国奴！为了让未来的中国人能够有饭吃、有衣穿，能够挺直了腰板活着，他们用死为生命的高贵标注上荷的清白、竹的气节、松的傲骨。他们视死如归，因为他们心中信仰如炬。他们的生命停止在那一刻，他们的精神穿越时空铸就永恒。如巍巍海陀峰顶上的青松翠柏，万古长青！

我再次打开手中的《海陀风云》，翻到赵起的故事。赵起是个血性的汉子，为兄弟报辱妻之仇，捣毁大庄科伪警察所，被逼上梁山，却发现打日本人的土匪也欺负百姓。迷茫无望的时候，中国共产党来到延庆大庄科，他终于找到了真正为了人民战斗的队伍。他参军入党，一直耿耿于怀自己年纪太大，怕给队伍拖后腿，于是样样干在前边，刻苦认真，勇敢顽强，杀特务、拔据点、打鬼子，成为大名鼎鼎的平北游击大队三中队中队长，威名远播。

一九四一年赵起牺牲时，不过四十三岁，与我现在的年龄相仿。"求田问舍，怕应羞见，刘郎才气。"看着他们的故事，我总是感到羞愧。四十多岁的自己一天到晚操心的是孩子的学习、生活的品质、个人的追求。"我，我，我！"心中无数的我是无数的私欲。平北抗日根据地最初的开辟者之一，四十岁入党的赵起，心中有乡亲、有国家，唯独把一个"我"舍弃。丢掉一个小小的"我"，写出大写的"共产党人"。刘郎面对赵起也会惭愧吧？刘备有志气有才气，砍砍杀杀为的却不是天下人的天下，为的不过是建立个人的不世功勋、家族的万世荣华。而共产党人赵起愿意为了后人的幸福牺牲自己的生命。也许我不该过于自愧，今日的生活，国家昌盛、小家和美，每个人都能够自由追求自己的梦想，在工作中奉献又在工作中实现自身的价值，这不正是白乙化、赵起等平北抗战的英雄以及一代代的共产党人所盼望的吗？

《巍巍海陀山》和《海陀风云》共计十四本书，一千零七十五篇文章，约三百四十四万字。《巍巍海陀山》一、二出版于一九八九年，另有《景仰红色记忆》等书。这套书的主编孟广臣先生，二〇一七年二月十一日逝世，享年八十五岁。他耗费三十余年心血组织采访编写平北大地英雄事迹，在他去世的前一年，二〇一六年十月，他任主编的《平北抗战故事》出版。如今，很多书中的人物先后离我们而去，就连抗战时期最小的儿童团员也已是耄耋之年。他们不再发声，历史将被尘封。孟先生几十年如一日致力于史料整理，跋山涉水寻访当事人，搜集整理红色素材，为我们后人留下宝贵的第一手历史资料，可谓厥功甚伟。从这些书里，我看到孟先生的信仰之光和赤子深情。

孟先生是作家，他的小说《侯起与雨花的故事》中，侯起的原型就是赵起。根据文学创作理论，悲剧具有更强的动人力量、情感冲突，更能激发欣赏者的崇高感和斗志。德国诗人、剧作家席勒认为虽然悲剧表现痛苦与恐怖，但它使观众产生痛感的同时产生审美快感——即艺术鉴赏产生的美感，而这种美感又会使艺术家融入作品中的崇高感与观众的道德观念沟通起来。按照《侯起与雨花的故事》的故事发展脉络，应该是悲剧的结局，把胜利曙光留给年轻的追随者。书中雨花不屈从当慰安妇的命运，被敌人打得遍体鳞伤，最终牺牲。侯起与敌人激战到弹尽跳崖，也只有牺牲一条路可走。孟先生却以巧合的方式，给了侯起与雨花大团圆结局。读完一遍后，我从雨花被敌人抓走重读后半部分，《海陀风云》中赵起的形象与书中侯起的形象慢慢重叠。读着读着我忍不住落泪，我读懂了孟先生的至善与疼惜，他舍不得让侯起和雨花牺牲。他让书中的侯起回到了青春的年龄，找到了挚爱一生的伴侣，并且迎来了抗日战争的胜利。他在书中让那些为了抗日牺牲的英雄们重新活了一遍，这一次英雄们活着归来，笑着拥抱鲜花与掌声，他让笔下的英雄们生活在他们牺牲生命换来的平安幸福中。

　　黎明到来，明亮的光线穿过玻璃窗照射在书桌之上，一本本摊开的红色书籍，闪耀着金色的光芒，这光芒来自书中的抗日英烈，来自满怀热忱写书的人，也来自所有为了中华崛起民族复兴不懈奋斗的中华儿女。光明中，我看见红色基因赓续绵延，信仰之光照亮前路。

甜　蜜

好久不见阿丽，不知道她的生意近来如何。

阿丽是孩子同学的母亲，为人真诚热情。逛水果市场时，偶然发现她有一个"香艳"的摊位，让我意外惊喜。从此成为她固定的客户，买水果自动切换到傻瓜模式：听她推荐，让她帮忙挑选。无论是质量还是价格，每一次都让我满意而归。

他们夫妻起早贪黑进货，理货，让她的手变得比同龄人粗糙。每天可以看着、嗅着、吃着来自五湖四海的时新水果，又让她的笑容分外灿烂。事业分领域，梦想有大小，每个人都奋力向着幸福奔跑。我们也在奔跑中闪耀光芒。

我之所以属意她的水果摊，质量和价格因素还在其次，主要原因是信任。她是熟人，不会骗我，她人实在，不会骗人。她的客人买东西时都会闲聊几句家长里短，亲密熟络，也证明她家口碑一直很好。

定位她的摊位之前，我买水果经常生气。我不擅长翻检挑选，也不会讨价还价，在私人摊位买水果经常买贵不说，有时买的与尝的不是同一商品，甚至还会在清洗时发现商标下是店家故意遮挡的伤处。不过几块钱、几个果子的小瑕疵，却如同临睡前打不到的嗡嗡飞舞的苍蝇，让人心烦气躁。

"老少有诚财源兴，童叟无欺生意经。"这是基本的为商之道，生活的实际往往与其背道而驰。水果储存期短，尤其北方销售的南方水果运输时间长、保鲜难、进价高。天晚的时候，常能看见各摊位成筐扔掉坏的水果，我们能理解小本经营的商家对日常损耗的承受力弱。市场里的摊位流动性强，虽说有摊位号，但是老板经常换人，经营者短期的利润需求明显高于建立长期信用的追求。

当各超市开始经营蔬菜、水果业务，我立即转移战场去超市买水果。超市经营相对稳定，批量进货进价更低，财大气粗不怕损耗，质量和价格更有保证。但是因为超市固定在清晨上新货，下班后可挑选的余地很小，水果不够新鲜，而且超市供应的水果品类不丰富，常常空手而归。

直到遇见阿丽这个熟人摊主，才将我从困境中解脱出来。能够省心地买到新鲜质量好价格公平的水果，减少了我每日必修的经典思考：晚上吃什么？去哪里买？

孩子升入高年级，开始上晚自习，我家的水果需求直线下降。孩子放学回家已经很晚了，她不肯吃水果，说临近睡觉吃糖分高的水果容易胖。周末孩子有自己的安排，补课、写作业、打羽毛球、看电影，那是她的学习和娱乐时间，与朋友在一起，不在家吃饭，更不在家吃水果。孩子们在为自己的人生不停努力，当他们一步步登上更高的山、走向更远的路，身为母亲，我能够为她服务的事项越来越少。而且现在的孩子嘴真刁，应季的樱桃、草莓吃不下几颗，反季节价格翻番的时候抱着盒子吃；某多某宝团的需放熟的青杧果不喜欢，声称过敏，微信水果专卖群的鲜黄多汁的杧果又爱不释手。我在选择水果时，开始更关注品质。

　　忘了从何时起，加入阿丽以及其他数个精品水果群。群主每天开车到京城水果批发市场进货，进货前先在群里拍照介绍果品和价格，顾客根据需求预定。按照订单进货，群主不需要考虑存放期，可以大胆进成熟水果，而不是进些半熟的水果在店里催熟。群主返回延庆后，在约定地点等待顾客取货或直接为顾客送货上门。顾客也会提需求让群主代购水果新品类，群内其他人会跟风尝试，经常为群主开辟新市场，顾客和店家双获益。这样的流程减少了水果损耗，并增加了高档水果销量。我作为顾客，购买水果从线下转为线上，熟透的鲜果半小时内就能送货上门，很是方便。我听说阿丽创新销售模式后，生意非常火，已经退掉了市场里的摊位，租了某个小区临街的商铺，经营面积是原来的两倍，店面整洁亮堂，主营精品水果。我一直在群里买，还没来得及上门祝贺。

　　看着吃水果挑三拣四的孩子，我想起自己的少年时代。

　　老舍的《四世同堂》描写二十世纪四十年代的北平城，夏天与秋天琳琅满目的蔬果上市，品种丰富，供应充足，"北平之秋就是人间的天堂，也许比天堂更繁荣一点呢"！首要原因就是声色香味诱人的各色水果。我们也与老舍先生一样，喜欢秋天，因为丰收后生产队分苹果，让孩子在秋天实现水果自由。二十世纪九十年代的农村，只有当地水果上市的季节，街头才会偶尔响起小贩的叫卖声，五六月的桃、杏、李子，七八月的西瓜、沙果，街头的吆喝少，母亲掏钱的次数更少，我并没有觉得那吆喝声如同歌声在香气中颤动。记得有一次买了一个大西瓜，母亲说等外出做工的父亲回家再吃，几天后父亲回来，西瓜已经放坏了。还有一次在城里做工的父亲带回家一斤荔枝，让我和邻居家妹妹一起吃，家中大人连一颗都没舍得尝。过了一会儿，邻居奶奶着急地来找妈妈，问："孩子不小心把那个什么水果的核咽了，不会有事吧？"妈妈犹豫着回答："那个核虽然大，但是圆的，很光滑，应该不会伤到肠胃吧。"

杜牧有诗："一骑红尘妃子笑，无人知是荔枝来。"当年普通老百姓没有八百里加急运送荔枝的待遇，南方水果保鲜期短，很多北方农村的孩子没有见过南方的水果。我们家种的苹果、大白菜，有的年头销量好，贴补着家中经济宽裕些，有的年头卖不出，成筐烂在地窖里。

改革开放以后，国家大力发展基础设施建设，激发市场活力，实现了村村通路，村村通网，村村通快递。我们村的街面从黄土路变成水泥路，汽车可以开到每一家的门前。慢慢地，各家各户买了手机、电脑，安了宽带，村里的年轻人跟城里的年轻人一样买东西首选网购。有需求自然产生供给，村中的小商店申请成为快递点，代理收发全村快递。听说国家有政策扶持水果、蔬菜产量大的村子，建设农产品冷藏保鲜设施，据中国物流和采购联合会数据显示，农村冷库建设平均年增幅超过 40%。有了网，打通了购销渠道，有了路和快递，加快了瓜果蔬菜的运输速度，有了冷藏保鲜设施和技术，延长了农产品市场周期。有一个成语叫缩地成寸，网、路、快递和保鲜技术，缩短了小农户和大市场之间的距离。

　　如今一年四季都能实现水果自由，农村城市都能享受同等服务，家家户户的果盘子从简单变得丰富。小小水果，以及购买水果的故事，让我看见每个人生活的环境不同、起点不同、需求不同、方向不同，相同的是我们一直向着更好的明天前进。

水墨石峡

　　微雨天气，让我想起石峡村。相隔十五年，两次到石峡村都是细雨蒙蒙的日子。此刻，窗外淅淅沥沥的雨，让我不禁回想起畅游石峡村的美好回忆。提笔，却不能落下一个字。我求一支生花的妙笔啊，因为那美，要我用怎样的语言才能描绘得出！

　　石峡村，是位于北京市延庆区南部山区的一个小村庄，紧邻著名的八达岭长城，有着悠久的历史。由于石峡村处在居庸关北部关隘，地处险要，属战略要地，曾是重要的军事古城堡，有重兵把守，设有守备，驻守城哨。石峡峪堡关修于明代，城内"三街六巷"热闹非凡，房屋都是造型奇特的四合院，有总兵府、守备府、抚台府、察院府、教兵场、点将台等。在石峡峪口北二里的花家窑沟中，从北往南有土、砖、石三道长城。想当年，关堡与长城定是连成一片气势雄伟蔚为壮观。这里是北京的第一道关口，这里是一夫当关万夫莫开的险要重地，它的历史与军事相关，它的很多传说与军人相关，很多遗迹与战争相关。据说如果唐总兵不闹家务事，演一出《三疑记》，李闯王不能从这里打进北京城。

　　第一次去石峡，是在二〇〇八年，参加区里组织的采访活动。由于石峡村距离城中心很远，坐公交车不方便，组织活动的老师提前已经联系好车辆，所以尽管出门时天空阴云密布，我们依然按计划上山。我们顶着微雨进村，曲曲折折就从繁华驶入清幽。石峡村坐落在西北山梁的"椅子圈"内，得天独厚的地理位置造就了冬暖夏凉的气候条件。据说山下无雨，山上小雨。果然，当日延庆城区没有下雨，石峡村小雨淅沥。雨淡淡地下着，细如羊毛，不恼人也不扰人，不必打伞也不愿打伞。雨丝直接打在身上略有凉意，轻轻的凉意仿佛能够激活皮肤。山上树木葱茏，森林覆盖率百分之九十以上，放眼望去是深深浅浅的绿，浓浓淡淡的青。如果是晴日，我们自由在山上漫步，一定能够看到满山的山花。若是雨后，松树下、草丛里将会冒出一簇簇鲜美的蘑菇。而那天正是雨中，淡淡的雨将山、树、民房、小路交织在一起，分不出各自的界限来，迷蒙中充满了神秘，充满了诱惑。沿着碎石子路在村中行走，蜿蜒上山，两旁的民房也是缘山而建，远远看去，错落有致，蓝砖蓝瓦，古香古色的房子与山融合成一体。

　　当时的感受是静。整个村静谧地沉睡在雨中。站在石峡峪堡城墙遗迹前，看着古老的门安静地锁住悠长的历史，长势热闹的杂草无心地遮掩着残砖，恍恍惚惚间仿佛从现代穿越到古代。随着向导的讲解，石峡峪堡那宏伟的建筑群就在眼前铺展开来，喧闹的人声、车马声、雷石的滚落声、石雷和大炮的炸响声撕裂了空气响彻耳畔。这片绿色的土地上曾经有过多少月夜悲歌，有过多少生离死别，有过多少战火烽烟……那些过往都已经随风飘散，那些苦难已经被这片土地深深地埋葬。我看见路边倒着一块石门额，上书苍劲的两个大字："迎旭"。导游说，这是石峡峪堡门额上的刻字。"迎旭"，古人是多么富有浪漫主义情怀，斗志昂扬迎接旭日东升，是否还象征着每一个驻守在这里的战士的渴望：每一天清晨都能看见太阳升起。而我们如今正过着古人曾经梦想的生活。安静的山村石峡充满了远离战火的安宁和幸福生活的甜蜜。

离别时，我期待着再来石峡，古堡已被复原，也许还能够复原曾经的旱关、水关，我期待抚摸高大坚固的城墙，走入城内庙宇，切实地寻找这里曾经有过的生活。十几年中，几次计划带孩子到石峡村探访古堡遗址、登临残长城，因孩子上课冲突、公交倒车耗时长、自己不敢开山路等种种原因，几次将计划搁浅。再次走进石峡村，已经是二〇二二年。

有北京朋友来延庆，点名要去石峡村。她说在北京市文旅局首次向市民推出的"北京——不可不去的村庄"榜单上看见八达岭镇石峡村的名字。重访石峡村，宛如初见，无比惊艳。它保存着我记忆中的古朴和宁静，又增添了时尚与优雅。

如今的石峡村是著名的民宿旅游村。村里铺了路、翻新了民居、建起文化长廊，围绕长城主题，保护历史遗迹、打造精品民宿、设计森林旅游路线。

当地的朋友带着我们转村，在石峡峪堡、真武庙等遗址挨个"打卡"拍照。一路上，当地的朋友不停地给我们讲长城历史故事、村民多年义务保护长城的故事、如今依托长城发展民俗旅游的故事。我们能够听出他对石峡村充满了热爱和自豪。我们沿着石板路，走遍整个村庄，在酒坊里品尝酿白酒，在油坊里体验榨油过程，在露天电影广场重温童年的故事，在乡情民俗陈列馆中了解石峡历史……走累了，到新开的咖啡馆里喝一杯咖啡，到公益书屋阅读长城主题的图书。

雨中漫步，恍如来到世外桃源。抬头望向东方，细雨将山与天空连在了一起，山顶上挺立的两棵树被雨雾浸润着，晕出淡淡的水墨效果，相互依偎着指向天空。回首整个村落，朦胧水墨淡如烟。

因为下雨，那天也留下小小的缺憾。雨天路滑，没能登上村中长城遗迹，游客较少，村史馆的非遗体验项目也没有举办。朋友心心念念想跟着非遗传承人学习剪纸、糖画、葫芦烙画，她的愿望落了空；孩子们热切盼望穿上古装在古堡遗址处照相，他们的愿望落了空；我想要登上清水顶俯瞰延庆全貌、遥望北京城，这个愿望也落了空。但是这小小的缺憾，正好留下一段念想，时刻提醒我们重回石峡村，将心中那个"圆"补足。

乡村振兴中的石峡村，给我们更多元的体验，也给我们留下更多的期待。

一个人与一座城

曾经很爱朱自清先生的《桨声灯影里的秦淮河》。因此，到了南京，我傍晚静静地坐在秦淮河岸边，幻想走进那朦胧的灯彩和歌声中去。可是直到离开那座城市，我依然没有酝酿出对秦淮河热爱、依恋的情感，心却不受控制地飞回了故乡，眼中荡漾起妫河清澈碧绿的涟漪。

也许，更爱妫河，并不是因为秦淮河不够美，而是因为我与这条陌生的河流缺少感情，缺少投入缓慢时间成本的相互驯养的过程，一如世上纵有千万朵完美无瑕的玫瑰，小王子依然只爱他小小星球上的那一朵。

也许，世人更爱秦淮河，并不是因为家乡这条名字中含有生僻字的河流不够好，而是因为没有名人相约泛舟唱和去传播她的好。

一个伟大的作家，仅靠一篇文章就提升了一座城市的文化底蕴，这一现象，曾被历史无数次证明，比如岳阳楼、滕王阁，比如秦淮河。

南京归来，几次冲动想要用更好的笔墨写出更雅致清秀的妫河，却终于没有落笔。我是如此普通，文笔笨拙，缺少细腻优美的表达和广泛的宣传影响力。我太爱这条河，太爱这座宁静祥和的城市，又太怯于表达对她的爱，于是只好把这爱变成依赖，晨曦漫步、细雨观荷，在日复一日的生活中沉浸其中，享受其中。

这两年，对妫河的更深了解多是来自"环保奶奶"贺玉凤阿姨的朋友圈。我们逛妫河，集中在沿着妫河修建的几个公园，经过专业布景设计，有园林工人每天精心养护，四周围起栏杆，修好步道，夜晚有路灯照明。贺阿姨分享的妫河沿岸照片，是未经人工修饰的河流部分，没有柏油路，河边长着荒草开满野花，让我们感到偏僻又陌生，新奇又亲切。贺阿姨以纯朴的视角记录妫河纯粹的瞬间，也记录下她和她的伙伴们日出即起、捡拾垃圾、保护家乡母亲河的点点滴滴。

认识贺阿姨，源于延庆区二〇一八年"野鸭湖畔诵端阳"端午诗会，她与国内青年诗人同台朗读，祭屈原，颂生态。贺阿姨接受采访时曾说："爱与时光，诗与园艺，即便到不了远方，一颗热爱园艺的心，同样会写下这个城市最美的诗。今后，我不仅要身体力行保护家乡的生态，还要为延庆的美丽浇灌属于自己的花朵。"这也是千千万万奋战在环境治理攻坚战第一线的志愿者的心声。六十岁的贺阿姨从二十世纪九十年代开始，义务在延庆妫河两岸捡拾垃圾，至今已坚持二十余年。她也曾是一个普普通通的延庆人，但是这一份为了让山更绿、水更清、花更香的坚持与坚守，让她的名字闪耀光芒，让她变成著名的"环保奶奶"，在人民大会堂里、在世园会开幕式上，面向全国、面向世界人民，为家乡代言。

享受故乡山清水秀的美景时，我们默默感谢贺阿姨和所有保护环境的志愿者们，他们笑笑说不过是些许小事。而这座城市却因他们的笑容而温暖，因他们的双手而整洁。他们不知道，自己的坚守和付出正是寓于平凡之中的伟大。

自二〇二〇年五月一日开始，《北京市生活垃圾管理条例》正式施行。我和家人朋友们都很高兴，作为国家卫生区、国家生态文明建设示范区的延庆人，无论是经济的发展，还是精神的愉悦，我们都切实从优美整洁的环境中受益。不是每个人都能成为巡河捡拾垃圾的志愿者，每个人却都可以自觉进行垃圾分类，完成这件举手之劳的小事，为保护家乡环境做出贡献。

第一次领到垃圾宣传册后，孩子兴致勃勃地重新放置了"厨余+其他"垃圾分类桶，她当老师出题，让大人们当考生迎考。还别说，对于很多具体的垃圾应该归为何类，还真不能一次做出准确的判断。巧的是，楼下就是小区的垃圾站，早晚做饭的时候，能够看见居委会工作人员盯桶指导，一遍遍重复垃圾分类的要求、具体分类方式、容易分错的要点，以增强垃圾分类的自主性，提高居民的正确投放率。我边做饭边偷师，下次再"考试"的时候，拿来刁难"小老师"。望着楼下"指导员"的身影，我也会感慨地告诉孩子："今天下雨，在垃圾桶边指导分类的阿姨打着伞衣服还是淋湿了。""今天厨余垃圾桶上新增了一拉即开的小拉手和破袋神器，下次你再去倒垃圾就不会弄脏手了。"

　　二〇二〇年六月五日，单位创城报告会上，儒林街道社区垃圾分类指导员，给我们讲垃圾分类的意义和具体分类方法。她说："垃圾分类做起来并不难，只要大家稍微用一点儿心，都能够正确分好。"我觉得这一句平白朴实的话说得真好！于是回到所在部门当小教员时，我也讲给大家听。我的同事们，群策群力，针对所内实际情况想出具体执行的好办法，比如在办公区灰尘纸屑多，厨余垃圾少，偶尔喝饮料会扔塑料瓶，基本没有危险物品，于是各办公室只放一个其他垃圾桶用来收集废弃纸屑杂物，在公共区域放厨余垃圾桶和可回收垃圾桶，分别收集果皮果核和塑料玻璃，如果产生废旧电池、过期药品交内勤保存，统一投放到社区的有害垃圾桶。

　　是啊，只要我们每个人都用一点儿心，我们的环境一定会变得更好！曾经，延庆的山川沟域是限制经济发展的瓶颈，而今，这一片土地上鲜花簇拥、芳草鲜妍、碧树掩映，把北京的后花园装点得格外美丽，生态优势成为家乡经济腾飞的依托，绿水青山真正变成了金山银山，为延庆人民绘就了一张幸福生活的蓝图。

　　作为普通人，我们不必总是羡慕名人，因一本书、一首诗让一座城市流芳千古。绿水青山幸福城，正是无数普通的人民用勤劳的双手在精心描绘。

长城脚下过大年

妫水河结成明镜，海陀山濡染白雪。长城脚下，冬奥城里，喜鹊与蜡梅相偎，聆听春天的消息。人们盼望着辞旧迎新的春节。

北京延庆八达岭镇岔道城所在的岔道村，是有着400年历史的明清古村落。临近春节，古村落被花灯布置一新。几天前在八达岭镇石峡关长城启动的第九届北京非遗大观园活动，岔道城是活动的分场地之一。住民宿，品非遗，享生活，过大年，处处一片喜庆热闹。

岔道城曾是长城外的堡城，"八达岭为居庸之禁扼，岔道又为八达岭之藩篱"，这里是居庸关和八达岭的军事前哨，也是明代延庆八景之一"岔道秋风"所在地，如今是国家级重点文物保护单位。从"岔西雄关"的西城门走进岔道村，一眼就看到了巨大的福到万家、兔儿爷花灯，路旁小兔子的蘑菇屋、小白兔拔萝卜等花灯憨态可掬、趣味十足。

非遗大观园分会场设在岔道城"衙门"院内。修复后的岔道城"衙门"质朴大气、古意盎然，外墙悬挂着几十串红灯笼，喜气且静穆。院子里正在展示静态非遗作品，有手工灯笼、糖画等，项目代表性传承人现场教游客进行手工制作。走进正屋，看到一面喜庆的背景墙，屋内正轮流展示评书、京东大鼓、八达岭长城传说等动态非遗项目。

以前我就经常带孩子听评书。每周末，评书项目非遗传承人都定时在评书馆为市民免费说书。这次在古城"衙门"里看到舞台上说书先生身着大褂、手持折扇，抑扬顿挫讲着数百年前的故事，感觉异常亲切。灯笼、糖画都是孩子们的最爱："我要机器猫！""我要孙悟空！"糖画项目传承人，高兴地满足孩子们的个性要求。我要了一个可爱的小兔子，开心得差点儿像小兔子一样蹦起来。

眼前星编珠聚的手工灯笼让我陷入遐想。小时候，每逢过年，爸爸都会买回各式各样的灯笼：需要自己组装的手工灯笼，手提的长串装饰小灯笼，里面放着蜡烛的照明灯笼，还有挂在街门口装入灯泡的大红灯笼。大年三十，爸爸放鞭炮，我又害怕又欢喜，终究不敢亲手点燃，只好一遍遍燃放灯笼造型的小焰火。焰火小灯笼在地上转着圈发散金色光焰，一群小孩子跳着脚欢呼鼓掌。大年初一五更，震天响的爆竹声吵醒整个村庄。没有路灯的村街漆黑如墨，我被父母早早叫起，穿好新衣，去奶奶家吃团圆饭。一路上，家家街门口高挂的大红灯笼，喜气洋洋地朝我们招手、点头。我得意地高举小灯笼，为家人照亮前面的路。万物沉寂的冬季，草木萧瑟的雪野，一抹耀眼的红色，把喜悦和希冀注入人心。

手工灯笼的非遗传承人李老师是位温柔的女士，她做了圆形灯笼、多角灯笼、荷花灯、粽子灯、石榴灯，让人叹为观止。我赞美她的花灯，然后闲聊起来。她是一名小学教师，在校园开设了灯笼课堂，锻炼孩子们的动手能力，提升孩子们的审美。她说，每天她都用灯笼把校园布置得喜气洋洋。她的坚守与热爱让我由衷敬佩，我们互相介绍，迅速成了朋友。

热闹才是年味的底色。我的童年时期是二十世纪八十年代，那时没有手机电脑，也没有节假日旅游的习惯。孩子们一年中最盼望的就是过年，过年最喜欢逛庙会，庙会是一年中最热闹的欢聚。五岁那年，我和妈妈一起逛庙会，庙会上有旱船、高跷、抽奖券、小吃等，热闹极了，年幼的我心花怒放，眼花缭乱。为了追着看扭秧歌，我和妈妈走散了，又着急又害怕，幸好遇到熟人，陪我一起寻找妈妈。找到妈妈时，我最先看到的是她手中高举的灯笼，那鲜红的色泽，让我心里顿时有了色彩。

李老师像教学生那样，手把手教我做灯笼。我却比她的学生笨，纸没有剪齐，拼接时粘错了位，画的图画也笔法粗糙。但是我终于会做灯笼了！我美滋滋地提着自己做的灯笼，漫步古街。

暮色四合，如同信号，满街灯光点亮，璀璨夺目。"太美了！妈妈咱们能不能再来？""好啊，下次全家一起来！"旁边一对母女的对话，说出了我的心声。

长城脚下过大年，喜庆的过年氛围正被一步步推向热烈。人们欣赏着象征团圆红火、点亮崭新希望的新年花灯，迎接歌舞升平的新一年。

蓼蓼者莪

蜗牛牵我去散步

　　人生有很多第一次。第一次牙牙学语，第一次离开家庭走进校园，第一次为自己的过错承担责任，第一次乘飞机在云朵中穿行……当无数个惊奇的第一次变成重复的无数次，我逐渐长大成熟，也不断磨平了观察世界和热爱生活的敏锐度。我按照世俗的标准定义成功，像个运动员似的朝着设定的目的地狂奔，不再关心沿途的风景。我开始变得急躁、浮躁、烦躁。这时候，我突然变成了母亲，被迫放慢脚步陪女儿长大。某一天给女儿读书，读到张文亮的《牵一只蜗牛去散步》，我觉得这首诗不是写给孩子的，是写给浮躁的我的，不是我陪着孩子长大，是孩子带我重新活过：孩子的每一点变化都是我的"第一次"，孩子带我回到纯真；从孩子到母亲身份的转变，让我开始理解父母曾经的做法，进而更容易体会他者的感受；摸索如何教育孩子的过程，也让我不停反思自己，归零过去，调整自己。

立志当个"坏"妈妈

宝贝女儿第一次被医生放到我的怀里，我平托着娇嫩柔弱的小家伙儿，看着她澄澈如水、灿烂如星的眼睛，内心变得异常柔软，同时开始焦虑担忧。我知道，从此我要为怀中的小人儿负责，我生活的轨道将被她改写。

对我自己来说，不管是男孩还是女孩，都是我最宝贝的孩子，我同样疼爱，但丈夫是家中独子，公公、婆婆会不会更想要一个男孩子呢？我担心女儿能否得到这个家庭完全的爱，担心她美丽纯净的眼睛会因为重男轻女的旧习而蒙上阴郁。

公公、婆婆用行动证明是我多虑。他们从来没有说过希望是个男孩的话，反而由于是娇弱的孙女，给予孩子更多的疼爱。他们细致入微地照顾着孩子，相比之下，我照顾孩子过于粗糙。

女儿出生的第二天就得了黄疸。新生儿得黄疸是很普遍的现象，可对于满怀喜悦心情，刚刚迎接到一个美丽新生命的家庭来说，却是天大的事儿。我感到忧心忡忡，束手无策。女儿会不会受罪？黄疸治疗不及时是否会对智力发育产生影响？治疗方法是只吃药还是同时接受蓝光光疗？……孩子的奶奶专门去找其他医院的医生咨询，以获取更多的治疗建议。反复考虑之后，我们还是决定遵医嘱。

在二十四小时蓝光光疗期间，孩子的奶奶和姥姥不顾年纪大身体弱，一分钟也没有睡，瞪大眼睛看着这个刚刚来到世界的小生命。她们怕不懂事的孩子抓掉眼罩影响今后视力健康，怕稍不注意会有什么突发意外。半夜里，蓝光箱里的女儿由于不舒服，没完没了地哭闹。全家明明知道这是吃药后的正常反应，却仍然心如刀割、眼圈发红。

女儿一天天长大，公公、婆婆对她的衣食住行关怀备至，对她的爱恋也与日俱增。整个家庭围绕一个小小的中心旋转，天冷，担心她冻到；天热，又怕她上火；抱着哄担心影响她骨骼发育，让她自己躺着又怕她会孤单；她一生病家里就乱成一团……夏天蚊虫多，公公、婆婆坚持采取多重防范措施：挂蚊帐、点儿童蚊香、睡前各屋追着打蚊子。即使这样严密的布控，公公、婆婆仍然不放心，晚上偷偷掐灭自己房间的蚊香，嘴里说："不用，没蚊子。"我却明白真正的原因：公婆的卧室和女儿住的房间对门，晚上他们开着门睡，希望吸引蚊子过来，就不再去咬孩子了。这让我再次感受到亲情之爱的无私、伟大与盲目。小小的娃娃成了全家人手心里的宝、心尖上的肉，成了整个家庭的未来和希望。

生活中无微不至的关怀，情感上刻骨铭心的疼爱，让我懂得老话说的"隔辈亲"的真正含义，也打消了我担心公公、婆婆不喜欢女孩的疑虑。如愚鲁的杞人忧天，我又开始新的担心，担心过多的关怀变成纵容，过多的宠爱变成溺爱，担心这无私真挚的爱让女儿纯净的眼睛写满骄纵和自私。我于是告诉自己，要当一个严厉的"坏"妈妈，我自己做理智教育孩子的家长。

变身"安全教育员"

"红绿灯，高高挂，指挥交通功劳大。红灯亮，停一停，两边车辆快通行。绿灯亮，向前走，两边车辆等一等。小宝宝，真听话，过马路，守规则。斑马线前站一下，先看看左，再看看右，两边没车再通过。"

女儿四个月能坐着儿童车出去玩的时候，我就开始教她过马路看红绿灯、走人行横道。女儿一岁之后能够坐在自行车后座上的时候，每次过马路我都要停下来，告诉她红绿灯和人行横道线的作用。上面两首顺口溜是我自己专门为女儿编的，我一边用我能够想到的最准确、简洁的语言讲解交通规则，一边遵守交通规则过马路。我希望通过这些粗糙的顺口溜和持之以恒的教育，让她牢固树立交通安全意识。

很多人笑话我，说孩子太小根本听不懂，说马路上没有车也等绿灯亮是傻子。

对一岁女儿讲交通规则，确实太早，她不仅理解不了顺口溜的苦心，甚至听不懂词语句子的意思，但我依然坚持，我希望在女儿稚嫩的心里树立起根深蒂固的安全意识。既然我不能准确知道女儿什么时候能够听懂并理解什么是安全，那么就从小开始教育，即使她听不懂，我也没什么损失，不过多说几句话。最重要的是对女儿加强交通安全教育能够缓解我自己的焦虑。

新的交通安全法出台之后，我参加过知识竞赛，也正是从那时开始，我查阅了很多关于交通安全的资料，看了很多交通事故的片子。看着钢铁攒成的机器凶狠地吞噬掉一个个生命，打散一个个家庭……我不敢深想，怕静静的黑夜里会有黑色的梦。那些触目惊心的实例和数据让我越来越胆小，也让我深深感慨：交通事故猛于虎啊！同时我也在想，这条猛虎什么时候能够驯服？

所有的妈妈都一样，都希望自己的孩子一生平安、健康、快乐！今天还什么都不懂的女儿，悄悄就会长大，总有一天她会自己走上马路，自己乘坐公共交通工具，自己开车驰骋在公路上。我希望，在她小的时候，我能够多给她一些安全的教育，防范的知识。就让我的爱化为唠叨，刻在她的心里，陪伴她一生。

女儿上小学时，家乡开始争创全国文明城区，上下学时交通警察在校园门口筑起安全防线；交通安全宣传走进单位、走进机关、走进学校，礼让斑马线、不闯红灯、不酒驾成为全民自觉行为；街面上出现很多穿着黄马甲的交通引导员，维护交通秩序；各单位职工，积极参加交通引导、路口值守，努力构建安全、有序、畅通的道路交通安全环境。

一次，我开车带着妈妈和刚上幼儿园的小外甥走亲戚，经过一个路口，小外甥突然大叫"停车、停车"，吓了我一跳。我赶紧刹车，问他怎么了，他说："老师说了，要礼让斑马线。"妈妈帮腔说，走在路上，司机都礼让他们。我虽然口中抱怨小孩子一惊一乍，心中却感到安慰。我欣喜地发现，交通安全意识已经成为全民共识，我们生活的城市将会更和谐、更安全。

我也热心报名参加志愿服务，为了我的女儿、为了所有孩子、为了未来更好的生活，贡献一份力量。

用孩子的眼睛看世界

在陪伴女儿成长的过程中，我发现我看到的世界与原来不同了！我跟着女儿一起，站在孩子的角度去看世界，用孩子的心去想问题，这种感觉好神奇。

夏天的夜晚是美好的，在小孩子眼中更是如此。在庭院里，女儿和伙伴们自由自在无拘无束地玩耍，她们并不在乎玩具的贵贱大小，她们只关注游戏本身。一个小蜗牛，一片小树叶，一块小石子，一个饮料瓶……都能带给他们实实在在的快乐。淘气的孩子们突然安静下来老半天，只为了看小白兔吃白菜叶子，观察蜗牛一次次胆小地试探后终于探出头来往前爬，身后留下一道长长的痕迹；她们会把小树叶撕碎，用大树叶做盘子，端上来一盘盘美味佳肴，告诉你这是鱼香肉丝，那是西芹百合，还要有客人，客人必须要用花瓣来付账；她们在游戏中模仿大人的生活，你当售货员，我假扮老师；她们在地上画圆，没画好时会快速瞄你一眼，然后加个尾巴，说原本要画的就是梨；她们会无休止地编造出那只飞奔而过的野猫的家族故事……对孩子来说，夏天的夜晚总有取之不尽，用之不竭的快乐。

每次看着女儿和伙伴们旁若无人地玩耍，我都觉得整个世界都属于她们。她们拥有毫无束缚的想象力，那想象力能够在心灵的沃土上开出美丽的花儿。

面对这些还不会写字的孩子，我常常感觉自己"OUT"了。

有一次，几个女孩子玩跳房子，她们不遵守学姐们传下来的游戏标准，每一个人都制定出自己的规则来。这次这样跳，下次那样跳，几次下来，孩子们不得不固定下新的规则，然后认真地遵守并继续快乐地玩下去。在她们的头脑里，没有框架的束缚，所以一切皆有可能；她们发现没有约束的游戏反而多了争执，于是互相妥协确定规则。没有人教她们"没有规矩不成方圆"的道理，她们在游戏中自己摸索出来。

为什么孩子们在游戏中具有高效的学习能力？因为她们对游戏充满热情，全身心投入其中，享受过程的快乐。长大了的我们却越来越懒惰，对生活越来越缺少热忱，总想逃离人群又抱怨孤独，遵守规则又抱怨束缚。我们害怕风险，宁可抱残守缺。我们把自己封闭在固化的现实中。

创新才是进步的灵魂，是人类发展的不竭动力。上海黄浦江的第一座大桥——南浦大桥的设计灵感正是来源于一位小学生的画作。孩子是善于创新的群体，他们的心带着翅膀，可以飞到任何想要到达的地方。

每次看到玩耍中的女儿，我常常思考，要怎样引导才能保持她毫无束缚的想象力？要怎样教育才能保持她单纯的快乐和对生活无尽的热爱？然而，我又何尝能教她什么呢，她成长的过程又何尝不是我成长的过程。作为母亲，更多的时间，我是在向那个娇小的孩子索取快乐，更多的时候我是在向那个单纯的孩子学习生活。我能为她做的，只是努力不阻碍她的脚步，协助老师使她更快速全面地获得知识，培养她健康乐观不懈追求的良好心态，顺应她的爱好，保持她想象力的无限延展，全力提供资金支持，不遗余力为她营造良好的生活环境。归根结底，未来的路要靠她自己走下去。我唯有默默地支持，真诚地祝福，希望她一路向上，一路繁花似锦！

不要因哭泣错过群星

　　女儿二、三年级的时候，我们去马来西亚双威游乐场。游乐场的过山车项目要求游客身高达到一百四十厘米。我和女儿一直以为她一米四了，没有精确地测量过她的身高。我们排长队到过山车等车的门口，才发现测量杆下的女儿只有一米三八。仅仅差了二厘米，女儿被拒绝在心心念念的游戏项目的门外。

　　此前在香港迪士尼，女儿钟爱适合孩子玩的黑熊山谷，从第一次全程尖叫，到第十多次时提前播报下一秒的画面，重复锻炼让喜欢挑战的女儿爱上过山车。她一直都在期待，长大一点可以玩更刺激的过山车。来乐园的路上，女儿满怀憧憬地计划："过山车必玩，其他随机，哪里排队人少，我们去哪里。"

　　女儿看着阻挡梦想实现的矮矮铁门，瞬间困惑，突然爆发，哇哇大哭起来。工作人员是个年轻的小伙子，看见孩子哭了，顿时手足无措，一方面是游戏规则不允许孩子进入，另一方面他又觉得孩子只差这么一点确实委屈。这个黝黑皮肤的青年既不肯通融让孩子上车，又不忍心把孩子关在车下，于是他不发出开车的信号，人与车相互对峙。他的犹豫不决，让我看到善良可以打破语言的障碍。

我说："你看，你一直哭，哥哥都没办法启动过山车了。"

女儿抽泣着说："让我哭一会儿，哭一会儿就好了。你们坐过山车走吧。"

我能够理解期待落空的沮丧，也明白情绪需要表达，决定听从她的意见。

过山车启动，加速，升高，下降，翻转。车上孩子的尖叫声、笑声此起彼伏。过山车行驶一圈回来，不过几分钟，下车的人高兴地谈论乘坐体会，女儿还没有停止啜泣。

我假装无视，带她冲向别的游乐项目。双威游乐园主打卖点是水上娱乐项目，我们在水上娱乐区度过快乐的一天。

晚上，我们头上斜插着白边黄心的蛋黄花，悠闲地泡在酒店露天游泳池里。我问女儿："制定规则是出于安全的考虑，目的是保护游客对不对？"

"对，大哥哥应该不让我进。"

"你看，你哭了一分钟，就少了六十秒的快乐，还于事无补。"

"下次再有这种情况我才不哭呢，我去玩别的。"她的回答让我欣慰。

这两年由于孩子学业紧张，寒暑假甚至初中毕业，都不能安排外出。身为母亲，我的心上摇起了跷跷板，一边是省了旅游经费，经济上稍宽松，另一边却是担心孩子会不开心。我做她的思想工作，孩子回答的一句话让我释然："我和同学抽空打球、逛图书馆也很开心。"

泰戈尔《飞鸟集》中说："当你错过太阳时你在哭泣，那么你也会错过群星。"

孩子如同空杯，只要放入对的思想，便始终盛满晶莹。一次不能登上过山车的哭泣，让女儿学会了珍惜拥有的幸福。

我教女儿不念过去，不畏未来，自己却依然牵绊在算计过去和未来的拉锯之中。那些日子琐事堆案盈几，渐觉难承其重。脑袋里时不时跳出两个小人儿来，一个不断找借口推托，一个不停抱怨"如果"。时间在毫无意义的焦虑中损耗掉。心累，比做事本身更累。女儿的豁达反而教育了我：陷在情绪里最傻，珍惜现在，勇敢面对未来。

孩子的心如明镜台，本来无一物，何处惹尘埃，他们眼神清澈，羽翼轻盈。我的心中堆积了太多利害惶惧，说穿了不过是顾面子、怕失败、拒担当，反而在退缩中，将自己逼到真正的角落。相较于简单明快、一飞冲天的孩子，我背负太多，成了草叶上缓慢爬行的蜗牛，艰难改变、缓慢成长。

"每临大事有静气"，我扔给心中焦虑的那个小人儿一把扫帚，让他先把内心清扫干净，扫去抱怨，扫去情绪，把心清空，然后聚焦到事情本身，全力奔赴美好的幸福。

呵护欣赏美的心灵

女儿上初中了，几次问我能不能把画画课停了，她说："时间太紧了。"

每次我都回答："不行！"

画画是我未能实现的梦，每当梦醒想要迅速记下神奇梦境的时候，每当写完日记想要配个漂亮插图的时候，每当心情烦躁想要调剂情绪的时候，以及等公共汽车无聊的时候，雪后想在车窗上淘气的时候……我都发现，自己无能为力。懊恼曾经的时光虚掷，便把补偿一股脑塞到女儿的身上。

"妈妈，有一种笨鸟自己飞不起来，就在窝里下个蛋，逼着下一代使劲飞！"

她只能看见我无赖地笑，却看不见我心中藏着的那个孩子，眼中有泪流下来。当年经济贫困，资源匮乏，人总是先要想着解决吃饭的问题。今天的生活好了，资源也更多元，若还不创造条件满足精神的需求，生活得有多无聊，日子可要如何过。

跟着女儿学画的脚步，我也在不断成长。

女儿上画画课的时间，我在附近的书法班报名学习毛笔字。初学毛笔字临帖，我困惑每一笔都是对的，大体也是像的，为什么看着那样不舒服？女儿学习画画之后，眼睛比以前"毒"，她过来快速扫一眼我的作业，说："哎呀，妈妈，你左右两个部分太远了，人家这个提钩是往上提的，你的走向是横着的。所以人家的好看，你的不好看。"她几年坚持不懈的国画练习，锻炼出快速精准把握每一笔细节的能力。唯有关注生活、热爱生活，再加上持之以恒的勤奋，才能拥有画出美的能力，也才能拥有欣赏美的眼睛。

我带女儿参观北京市里的几个美术馆，为了更好地欣赏艺术之美，自己也简单地学习了一些鉴赏方法。比如欣赏一幅画主要看构图、色彩、光影、笔触，应先远观其全，后观其细，具体到欣赏中国画，首先重气韵，与诗词一样，讲究不能有匠心，再重笔墨，再看构图和布局。

所谓气韵，其实就是一种整体的观感，是对生命状态的领悟。气韵营造出画作的境界涵养之美，是国画作品的灵魂。画作赏鉴首在是否能从中捕捉并直通画家所欲传达的观念、思想、情绪，获得启迪与教益，而非"似"与"不似"。赏画的人若想真正读懂一幅画，先要在中国文化里"泡一泡"，再经生活的熔炉"锻造"，以知识积淀结合自身经历和生命体验，方能更好把握作品的意义和内涵，领略中国画的文化背景和气韵风神，陶冶情怀。观者自身的素养，才是欣赏一幅画作的支撑力量，唯有不断充实自己，才能看出画作隐藏之下的更深刻丰富的内容，才能解开创作者的谜题，达成跨越时间和空间的共鸣，真正得到心灵的满足。

站在中国美术馆"多彩的世界"的展厅里，每一幅都让我驻足，时光仿佛停下来，凝注在聚光灯定格的美好之上，时光又仿佛安上了翅膀，飞速消逝，一个半小时只来得及匆匆逛一层。我赞叹于文明确实拥有超越一切的力量，美以自身的魅力冲破语言、种族、宗教、贫富、不同生活背景等种种障碍，直击灵魂，让创作者与观赏者在更高的层面上对话。

一幅画串起整个传统文化，对接中外文明。我督促女儿学学古诗词，更好体会意境；我督促女儿练练钢笔字，更好把握结构；我督促女儿好好学英语、学历史……她急了，对我说："妈妈，你别光盯着我啊，你去实现你自己的梦想吧。"

想想也是，每个人都是独立的个体，每个人都有自己的方向。我把我的愿望，强加在女儿身上，对她是负担，对我没改善，纯属受累不讨好。我需要做的，是呵护好我自己的心灵，成为乐观开朗优雅的人，同时也会潜移默化带动女儿向美向善向上。那么，就给自己一颗天真的心，便会看到童话的世界；给自己一颗善良的心，便会看到爱与美好；给自己一颗多思的心，便能看到深刻的哲理……打开看见美的眼睛，丰盈内心的力量，去理解美的意境，然后更加热爱这多彩的世界。

与白色的精灵共舞

爱上滑雪，源于"陪太子读书。"

延庆区组织滑雪进校园活动，女儿有幸参加滑雪队，并且沉醉于滑雪运动。可是上了五年级，女儿因故没有进入区队。

她很不开心，我就劝她："一个玩儿，多大点事儿啊！"

"什么玩儿！你不懂！同学们滑雪水平都提升了，我却还是初级阶段，等到二〇二二年，他们都成了奥运小使者服务冬奥会，我却只能在家看直播……"说着她的眼圈就红了。

好吧，既然有想法，咱们可以自己学。我办卡，请教练，在冰天雪地里陪着女儿在滑雪场上不断进阶。

女儿有志气，我也不能掉链子，她学我也学。只不过我一直比她差着级别。女儿能控制速度自由选择正滑、倒滑了，我刚刚在雪山脚下的平地上踩着雪板练习雪地移动；她能上中级道了，我还在初级道上尖叫着一遭遭摔着跟头；她准备练习单板了，我正站在中级道的缆车边上仰望着白色的巨龙，内心纠结要不要上去尝试一下。

有人说，滑雪这项运动是白色的鸦片，只要走近它就会上瘾，从此开始沉迷不能自拔。确实如此，经过两个冬天的滑雪，我发现，我爱上了这白色的精灵，爱上这项纯洁的运动！

戴紧头盔、拉下雪镜、换好雪服、穿上雪板、拿稳雪杖，全副武装地站在雪场上，我觉得自己又帅气又怂。帅气是因为自己跟奥运赛场上的滑雪运动员一样的装扮，所以肯定也是一样的英姿飒爽。怂是因为心里其实很怕这片被晶莹剔透的雪覆盖的山坡，怕摔倒的疼，更怕摔倒的窘迫。雪花染白了一座大山，纯白的世界一望无垠，高陡的坡道仿佛是一个强悍的对手，居高临下俯视着我，在挑衅我，在嘲笑我。

"战胜它！战胜它！"一个声音在内心中呼喊，鞋子却好像灌了铅，根本抬不起脚来，雪板好像踩在别人的脚下，一点都不听我的话。面对满地银白，我让自己沉下心，从穿着雪板走路开始学起，我让自己勇敢起来，跌倒了就爬起来再练习。当我掌握了基本要领，第一次流畅快速地从山顶转瞬滑到坡底，我觉得自己像风中的燕子一样轻快，像离弦的箭一样敏捷，整颗心都快乐地唱着歌飞了起来。

原来滑雪是这样奇妙！

在洁白无瑕的坡道上滑行，与这白色的精灵共舞，你会忘掉很多生活中的琐事，心胸为之开阔，眼界为之明朗，自己是彻底放松的、自由的、快乐的。自古以来，人们就对飞翔有着迷之向往，滑雪会让你感觉自己像鸟儿一样在飞翔，从高处俯冲疾驰而下的瞬间，自己就跟大自然融为一体。眼前只有波浪起伏的雪道，耳朵里只有板刃摩擦雪面以及风从耳畔呼啸而过的声音，我也像雪花一样在轻盈地飞舞，我也像雪花一样安静且纯粹。

这是一个银装素裹分外妖娆的世界，有着清新凛冽的袭人寒气，有着冰清玉洁的纯净精灵，湛蓝的天空拥抱着皑皑的山峰，它将我们带入浪漫的童话世界，更让我们在模仿飞翔的快乐中，学习人生的道理。

它告诉我，要相信自己，敢于尝试。第一次站在雪坡前，只是在平整的雪地上行走，都要一次次摔跤，我以为自己永远都学不会控制那两条长长的雪板。曾经无数次告诉自己学不会的，不要学了，别跟孩子凑热闹，但经过反复练习，我也能自由控制速度和方向，享受滑雪的乐趣。滑雪，跟学习、工作等很多事情一样，难在勇敢地迈出第一步。只要我们不怕吃苦和失败，勤奋练习反复实践，就一定能不断进步，并且圆满完成。

它告诉我，要脚踏实地，不能好高骛远。我记得第一次学滑雪，教练教的是如何摔跤、如何刹车。教练说："你要为可能存在的风险提前做好准备。"初学滑雪者的大忌是求急、随意、莽撞，应从练习基本动作起步。错误的滑雪姿势和技术一旦形成极难纠正，并且会成为更高级别练习的阻碍。磨刀不误砍柴工，我们学习时做到姿势、要领、动作三正确，扎实掌握技能功底，是为以后的提高奠定基础。

它告诉我，要勇于挑战，勇攀高峰。还记得自己之所以上中级道，是因为觉得初级道太平缓了，不好玩了。可真的上了中级道才发现，自己以为的能够只是想象。我还不能自由全方位控制拐弯和速度，频频摔跤。却也是在更高层面上的摔倒，让我发现自己左腿发力控制拐弯不如右腿等问题，从而让我看到自己滑雪技能的不足在哪里，自己迫切需要解决的痛点是什么。重新回到初级道，我开始有侧重地练习。人生也是如此，不能缺少坚韧不拔的进取精神和克服困难的勇气。若一味甘于现状，不敢挑战更快、更高、更强，那么就只能永远做一只燕雀，日复一日在院落田野啄食，停留在门前村口的树梢上叽喳着蜗角功名，永远不会懂得鸿鹄搏击长空的豪迈与幸福。如果怕难不去尝试，怎么知道自己原来可以？如果怕苦不在更高的层面审视自己的缺陷，怎能修正那些深度的问题然后提升？如果任凭缺点藏匿，岂知有朝一日它不会成为洪水来临时的蚁穴，小小不足，溃败千里长堤……

不知不觉，冬天已经过去。我内心萌动，开始期待下一个冬天，期待丰年瑞雪，期待雪场笑语，期待冰魂雪魄为我带来的生命新体验！

御风而行的时光

这是一篇不能让妈妈看见的文字，虽然写的是她看着我长大的少年时代，却是一段会让她感到陌生和后怕的盲区。

身为父母总是希望完整地参与孩子成长，以便在危险来临时，挺身挡在孩子身前，在需要抉择的时刻，引导孩子走上坦途，发现并及时纠偏孩子的思想波动，记录和分享孩子的快乐与忧伤。实际上没有人能够真正做到。孩子从降生那一刻起，拥有独立的思想与充满无限变数的未来。哪怕工厂里批量生产的万花筒，采取统一的工艺与工序，装入相同的彩色碎屑，被不同的孩子举起晃动，展现出的也将是全新的画面。参与他人人生经历，看见的仅仅是万花筒定格在某一个时刻的截图。

我妈永远不知道，在没有任何危险预期的乡村街道上，简简单单的自行车，曾经载着我直面死亡的恐惧。

我小时候，只有省路、县城主路是柏油马路，村与村之间、村子内部都是黄土路，路上车少人少，自行车是普通家庭的主要交通工具。我们家有两辆自行车：父亲那辆黑色男式"二八"永久牌自行车和母亲那辆黑蓝色"二六"凤凰牌自行车。两辆车很像，都是普通平车把，黑色车座，前边有大梁横杠，后边有后架。我们一家四口走亲戚，爸爸让我坐在前面大梁上，妈妈抱着妹妹坐在后架上。我不乐意坐前面，因为大梁是一条圆形的铁质横杠，坐久了硌屁股，而且前面地方小，坐稳了就不能动。我喜欢爸爸单独骑车带我，我跨坐在后架上，等他骑稳了，我扶着他的背扭动着站起，稳稳站定后，将双手搭在他的肩膀上，像个将军一样俯视两边骑车、走路的人，特别神气。爸爸会呵呵笑，不会婆婆妈妈地说什么危险了、小心了。他当然也不会告诉别人，曾经带着我摔倒在路边防护林的树坑里，那可不是因为我站在后椅架上晃动车身，我当时老老实实坐在后面一动都不敢动，那是因为爸爸带我去亲戚家吃喜宴，喝了酒，回家天黑没看清路。少年时乡村公路上几乎没有汽车，农村的人也不学交规，行驶的规矩就是两条：不逆行，自己看着车。

虽然爸爸的自行车给我带来很多快乐，但我更喜欢妈妈的"二六"凤凰牌自行车。首先，黑蓝色比黑色显得鲜艳，刻在车座下面主梁上的凤凰牌子，比永久标识的字要漂亮；其次，妈妈的自行车比爸爸的车小一点，更适合我当时的身高，骑上去踮着脚尖能蹬满一圈，爸爸的"二八"车我只能蹬半圈，然后倒回来再蹬半圈，没有完成一个循环的圆满，总在心里留下遗憾和挫败。最主要的原因，是我觉得妈妈的自行车是我的！每天放学之后，是我的游戏时间，妈妈下班之后，是她的家务时间，她再不需要自行车。属于我的自由时间里，我自然拥有了妈妈自行车的使用权。既然我和妈妈对这辆自行车的使用时长基本相同，那么既可以说是我骑妈妈的自行车在玩，也可以说是妈妈借我的自行车去上班。

爸爸、妈妈每天下班后，我们一起在村子西头的奶奶家吃饭，饭后回家，妈妈抱着妹妹，我推着爸爸的大"二八"自行车，有时候蹬着单侧的脚镫子滑行，有时候把右腿从车大梁底下伸过去够右脚镫子，斜着身子"掏"，半圈半圈地晃悠着骑行，爸爸扶着后架保护我。回家后我把书包扔在桌子上，说声"我出去玩会儿"，就往出跑，追出来的是妈妈询问的声音："写作业了吗？""写完了。"我的回答已经跑到了大街上，妈妈是否听见，我从来不去管。她其实也只是习惯性地督促，并没有真正关注回复。一成不变的回答总会让人放松警惕，在听到答案之前，她早就给了自己明确暗示，更何况她有太多的家务要做，没有精力去关照已经可以自理的孩子。

妈妈新买了"二六"自行车那天，她没注意到我不是像往常一样跑出家，而是推着车出去的。晚上，我叮叮咣咣骑着车回家，她震惊我怎么用一个晚上就学会了骑车，已经顾不上骂我独自带走了新车。从那之后，这辆自行车就成了我的玩具。

我家住在村子的东头，一条干涸的河道北边，我每天出去玩，固定路线是出门向南再转向西，过桥后拐弯向南，一段"L"形坡路，通往出村的公路。爬到"L"形半坡位置，路西是倾斜下去的河道，路东是三队的场院。场院大而空旷，是孩子们聚集的乐园。我们在这里丢沙包、踢毽子、跳皮筋、追跑打闹，也在这里比赛骑自行车。

我永远记得那个夏天的傍晚，夕阳还没有落山，懒懒地洒下金橘色的斜晖，风很温柔，树叶很绿，我们的笑声很响。在三队场院里骑了几圈之后，我们几个人骑车出了场院，顺着陡坡向下俯冲。车速越来越快、越来越快，已经感觉不到轮胎与地面的摩擦，好像自行车带着我即将飞起来一样。我将风和所有人抛在了身后。危险随着车轮快速的滚动而来到，一眨眼间，我就看见了小桥，看见了小桥下四五米深的干涸的河道，河道里长满了高高的杨树、矮矮的荆棘，铺满了尖尖碎碎的小石头。桥下没有水，所以桥的两边没有安装护栏。可是我发现自己刹不住车了！我骑车是自学成才，还不知怎样控制刹车。风中哗啦作响的密集杨树叶子撕碎了阳光，将桥头铺满了金色的碎片，我以为冲下四五米的深沟足以折断人脆弱的脖子，从此终止青春的乐符，我能看见死神穿着黑色斗篷狰狞地立在河道上空……我忘记呼吸，忘记呼叫，忘记呼救，大脑一片空白，整个世界都静止下来，仿佛在等待围观一场惨剧的发生。电光石火间，半个前车轮冲过桥，卡在桥边缘铺设的大块青石之间，车身却在桥头立定。我的双手死死地攥着车把，车闸与车把之间没有一点缝隙。福至心灵，我竟然神奇地在一瞬间学会了刹车，并且刹住了车！至于怎么做到的，至今我没有想明白。

这件事影响我一生学习技能的步骤：学习滑雪，我先请教如何将雪板停下；开新车或者为别人代驾，我先试一试刹车是否灵敏；接手一件工作，我先判断如果犯错后果是什么，风险点在哪里。一次意外，为我在莽撞为主色的性格之中，植入与之平行的严谨，让我以后的人生，习惯先分析"坏"，再研究"好"。好处是时时有后备的应急预警方案，坏处是束缚了开疆拓土的手脚。当综合、全面、深入地分析过风险后，常常会在事情开始之前下达停止的指令。

这些影响在当时并没有显露端倪，我没有因此就变成淑女。身后的同伴赶到面前，世界恢复回彩色、动态的状态，对危险茫然无知的她们和他们，真诚地赞美："你真厉害，刹车控制得真棒，走，咱们继续比赛。"我豪气干云地回答："走。"然后翻身下车，把车扭转方向，上车，俯身，加速，向陡坡冲刺。

那次之后，我还遭遇了两次有实质伤害的事故。一次是跟着爸爸骑车去玉米地收割玉米，走到田间小路上，前面有一匹吃草的马，爸爸顺利经过，我骑车到眼前，那匹马慢悠悠地转了方向，横在路中间，嘴一动一动地咀嚼，忽闪忽闪的大眼睛戏谑地看着我。惊慌之下，我瞬间刹车握到底，车子横着摔了出去。我的裤子被碎石磨破，膝盖大面积挫伤，顿时血流如注。至今我的膝盖上还留下很大一块伤疤。从一个极端到另一个极端，后来很长一段时间，我不敢制动刹车，改为脚刹：停车先减速，而后单脚着地，跟着车紧跑几步停住。以至于一次跟父母回姥姥家，有一段近乎垂直的陡坡，从坡上下来车速加快，我不能靠减速脚刹，只能任凭一路冲到底，强行拐弯，结果又是横摔出去。这次在另一个膝盖上留下伤疤，并且让妈妈惊惧："要是有车从拐弯处的对面开过来，命就完了！"以后很长一段时间，每天骑车她都盯着我。

少年对世界的好奇和热情，让我很快将生死时速的惊险置之脑后，自行车一如既往是我的挚爱。上了五年级，我们到临近村中的中心小学读书，和同学双手撒开车把赛车，带着五岁的妹妹到二十里之外的龙庆峡玩耍，和小姐妹骑车穿过县城去三姨家吃黄金李子，和朋友模仿大人的样子换车胎，用改锥拆卸外车胎，将原本一个破洞的内车胎戳得处处窟窿……

叮当作响的自行车上面，驮载的是我自由驰骋的少年时光。当曾经的少年长大，面对新的少年，却以爱为名，将他们圈禁起来。

女儿出生的时候，我们跟大多数人家一样，搬进楼房，开上汽车，给孩子买五花八门的玩具。自行车对于女儿来说，不再是眼巴巴奢望的幸福，而是生活中可有可无的装点。旅行有飞机火车、远路行驶汽车代步、近路步行顺便锻炼身体。我却对自行车有着难以割舍的情结，孩子四五岁就给她买后面三个轱辘的小自行车，孩子三四年级就教会她骑自行车，带着她到北大校园骑游，娘儿俩买了赛车参加延庆山间最美自行车车道骑游活动……

孩子上了初中，几次三番申请骑赛车上学，我却迟迟不肯答应，任由赛车在地下室落灰。

"你走着上学十分钟，骑普通自行车到校五分钟，为什么要骑赛车呢？能节省多少时间呢？你准备换了赛车飞到学校吗？女孩子最忌讳攀比和虚荣。"

　　说这些话的时候，我很心虚。我不会忘记自己因为车标的美观，在两辆自行车中爱得倾斜，即使那车标小到一米之外就看不到；不会忘记曾经很快厌倦了黑蓝色自行车，渴慕同学没大梁的粉红色高把公主车，仿佛骑上公主范十足的自行车，我就能变得像同学一样文雅娴静。向往更好的生活难道不是值得赞美的品位和品质？追逐梦想与爱慕虚荣之间原本就界限模糊。我们不愿意或者不能给予，就会责备其为攀比，通过强权定性，同时堵死她自己努力争取的路径。

　　我知道我真实的原因是担心。

　　人啊，总是越长大越胆小，这是所有人的通病，还是独属于我少年时经历的后遗症？我的女儿刚刚几个月的时候，抱着她穿过红绿灯到公园去，我就开始反复哼唱儿歌："红灯停，绿灯行，黄灯亮了等一等……"看着妹妹咿呀学语的幼儿在床上晃晃悠悠奔跑，我会紧张地张开双臂护在床沿，担心他随时可能发生的跌落，当他终于冲向窗台，在即将撞上木质床头的瞬间停住，当他"嗵"的一下直接坐到床边，滑到地板上，笨拙而快速地奔向客厅……我感觉眼前一黑又一亮，血液直冲顶门。我把我经过的坎坷铺平在她的眼前，让她清晰看透每一步对错；我提前预习她即将开展的游戏、发生的故事，在现实中、在想象里去多角度试错，为她分析解读，以期她的前程花香满径、没有波折……我跟孩子说得最多的两句话是："君子不立危墙之下，你看这件事你考虑不周……""我希望你做你自己，跟随你的心走你的路。"

我假装忘了，爱自由爱梦想的“心”，有时候就是会任性地登上危墙，看清前路。突破藩篱与违规越界只有一步之遥，两者之间度的掌握极其微妙。

每个孩子都是母亲的命，不允许丁点伤害和挫折，即使是极小的坎坷，也会在想象中延展成让人窒息的后果。我千百次表达让她自由飞翔的愿望，又一遍遍偷偷在她身上绑缚绳索。我假装没有剪断她的翅膀，我为她配齐所有远足的装备，却同时用透明罩圈定自由的空间，以爱为名，阻挡她对美的向往和对未知的好奇。

一个姐姐曾责备我给予孩子过度的保护和过多的成长建议，“你不让孩子去摔跤，她怎么才能学会爬起来？我们教会他们基本的自我保护和良好的道德品质，这就是一条底线一条红线，画好了就要慢慢退出他们的生活，让他们自己走自己的路，可能磕磕绊绊，可能走一段弯路，但是唯有这样，他们才能够自己长大啊”。

是啊，我们与孩子，注定是立于楼与桥的不同层面，他们在桥上享受自己的风景，他们的目光牵引他们的脚步朝向他们的远方，我们远远地在楼上看着，我们的根已经扎在了木地板内。

看着噘着嘴申请赛车的孩子，想起孩子曾经责怪我对她过度干预，“每次我跟你商量，你分析完对错，结论都是不要做。那么，我可以做什么”？恍惚中，少年时桥头的一幕穿越重重时间定格到眼前，我害怕！人生处处风景，又处处风险，每个母亲都无畏于自己涉身险地，却一定要保护好孩子平平安安。恍惚中，那个惊恐过后迅速重回欢乐的少年双目炯炯与我对视，我惭愧！少年宝贵之处，正在于无所畏惧，勇往直前。青春是一阵风，梦想是御风高飞的翅膀。错了又怎样？摔倒又怎样？失败又怎样？只要路的前头是心之所爱，那么无非是重新再来。

成长是学会自我保护的过程，每一段经历都会编织出一件防护的斗篷，让我们学会谨慎和及时喊停，只是在一重又一重不断变得严密的保护之下，滞重的不仅是脚步，还有梦想。

我隐藏起担心，答应孩子骑赛车上学，同时抽身退出她多姿多彩的世界。每个孩子都有属于自己时代心仪的自行车，每个少年都有权利骑着自己的自行车飞驰在通往未来的路上。我的公主车追不上她赛车的速度，那么就放手并祝福，他们有他们御风飞行的前途。

悦读一刻

我第二次站在北京西城区红楼公共藏书楼的楼下，看着不大却相当雅致的门面橱窗里，大大的纯白色繁体"書"字，内心一下子就从浮躁变得安静，充满欢喜。

"这座藏书楼要是在延庆该有多好！"这个念头依然强烈，一如第一次见到它时的怦然心动。

延庆是北京的郊区，离北京市中心有八十公里，因为孩子学习时间安排的原因，来一趟并不容易，所以我去一趟都会把购物、参观、游玩等事项排得很满。第一次来红楼公共藏书楼是二○一八年国庆节期间，我特意将红楼公共藏书楼作为一个参观景点排进了日程。这次我利用清明假期，一日行程计划是上午到元大都遗址公园看海棠花溪，下午到西单购物，晚上看话剧，安排得很满很充实。从商场出来的时候，我的心是浮躁的。我在想：多与少到底是什么样的关系？我们拥有多少财富才是恰好？欲望与贪婪如何界定？人若一味求多，又怎么能甘心于清贫、安宁于现状？若固守着少，让心如止水，是否会变成不思进取，又怎么能推动经济的发展、时代的进步？是的，你猜对了，琳琅满目的商品和一件衣服动辄上千上万的标价让我心旌摇荡。

出了商场，我们沿着主街漫无目的地走着。猛一抬头，便看见了红楼公共藏书楼方正典雅的设计和橱窗中标志性的"書"字，我觉得心也一下子平和下来。远离拥挤的人群，从喧嚣走进安静，也不过是十几分钟的路程。距话剧开演还有近两个小时的空当，我们决定带着孩子就在红楼里静享两个小时的慢时光。

书楼正门朝西，装修很有情调，拾级而上，就踏进书的海洋。进入藏书区，要经过一条宽约五米，长约三十米的通道。通道两侧是休闲沙发座椅、书桌，球形的花束灯盏与墙上的艺术书架、装饰画作相得益彰，通道也是休闲阅读区。通道尽头是消费吧台，售卖咖啡茶点，提供阅读需要的餐饮、休闲等配套服务。吧台正对着一个洒满阳光的小院，绿色的藤蔓植物从阴影处的房间墙壁延伸到天井下的墙壁，仿佛是实实在在生活中的人家，院中铺满了鹅卵石的方寸庭院上摆放着一套纯白色的桌椅，还生长着一株真正的树：春天花开洁白，夏天绿荫遮蔽，秋天落叶缤纷，只是玻璃屋顶挡住了冬天的雪舞翩跹，我印象里，或者是期望中，那是一株玉兰。真的是：春有百花秋有月，夏有凉风冬有雪。日日读书无闲事，正是人间好时节。

走过通道，推开一扇门，来到近两千平方米的主体藏书区。推开门的那一刻，我的感觉是震撼！书柜高八米，环廊有三层，视觉上打通了三层楼之间的界限，顶天立地的书墙

　　如同精神的巨人拥抱着整个大厅的阅读区域。大厅正中是阶梯座椅，阶梯座椅北边，有几张大的长条阅读书桌。

　　红楼公共藏书楼的前身是有着七十多年历史的红楼影院，红楼的名字正源于此。红楼始建于二十世纪三十年代，原为红楼球社，一九四五年十一月二十日改为红楼影院，于一九五六年实行公私合营，成为区属重要文化设施。这座具有七十多年历史的老字号影院，一度创造了不菲的业绩：她是北京市第一家宽荧幕立体影院、第一家"无障碍影院"，是那个年代最新中外影片首轮放映的最佳影院之一。二〇一二年，因建筑破损老旧，存在安全隐患，内部构造与设施无法满足公众观影体验要求，影院停止放映。为盘活闲置文化资产，延展留存的文化记忆，西城区从二〇一四年开始谋划对红楼进行改造提升，历时四年多创意、策划、改造，将她摇身一变成为新概念特色阅读空间——红楼公共藏书楼，继续承载着北京的文化记忆前行。

　　我深深佩服设计师的匠心独具，用四年时光精心打磨经典，让一座建筑实现凤凰涅槃。看到今日藏书楼，我感受到设计师的设计理念是在承继中飞跃。红楼公共藏书楼依托红楼电影院的基础，设计师充分利用了原来影院放映厅的高度，将主体大空间分为三层：低、中、高层。分布按人流量逐步减少原则进行设计。主体藏书区保持了电影院的空间风貌，北面是一块大屏幕，南面是原电影院座位台阶，改造成了令人惊艳的阶梯座椅，中间区域摆放了四排读书桌。藏书大厅平时作为阅览区域开放，也可为各类读书会、讲座、新书发布、阅读沙龙等阅读推广活动提供场地。我在藏书楼的公众号上看到关于讲座、沙龙的活动情况介绍的文章，从图片中可以看到阶梯座椅位置是观众席，四排读书桌的位置被布置成舞台，效果很好。屋顶透明的顶棚让整个大厅显得宽敞明亮。透过屋顶看云卷云舒，如同在蓝天白云下撑着书籍的小船徜徉在知识的海洋，自然光源与人工照明相互补充，交相辉映。

我数了数，这里共有七种座椅，高低软硬，借势而设，错落有致，与雅致的装修风格融为一体：休闲区的沙发椅，宽大的阶梯座椅，大厅南侧、北侧的沙发椅，围着长条桌的办公桌椅，红色单人环抱沙发，二楼、三楼倚着护栏的休闲桌椅和高脚椅……让人与书可以拥有很多种美好的相处方式，每一个读者都能选择到自己喜欢的位置、以自己喜欢的方式读书。我喜欢把腿伸直靠在阶梯座椅上，借着屋顶投下的自然光，体味纸质印刷品特有的墨香，懒散而舒适地阅读。藏书楼还安装了洁净书本的机器、充电宝租借等设备，为大家提供便利。还书的桌子摆放在离开的门口，工作人员安静地坐在位于角落的服务台，没有人干涉你的行为，没有人询问你是否购书，非常方便舒服。不可否认，舒适的空间会带给读者愉悦的阅读体验。我忽然想到老子的一句话：无为而治。是否一切事情都是如此，前期用心，周密考量，精心设计，妥善布置；后期总结经验，结合实际修正不足；日常运转，却要减少干预，进入顺畅自如的自动运行模式，于无声中让一切合理高效妥帖。

红楼公共藏书楼的书架摆放与分类吸引了我的注意，它打破了传统图书馆按文体、年代、书名分类的方法，根据捐书人或团体机构来划分：一层是共享图书、经营者自采图书，可看、可借、可买；二层是藏书区，包括众藏图书和名家藏书，以及口述录音室；三层是名人藏书。一层图书与图书馆分类方式类似，分为儿童区、哲学、建筑、文学等，但是众藏图书、名家藏书、名人藏书按照捐书人分区，以捐书人名字作为分类标签。二楼的显示屏循环介绍捐书人情况。这样的设计真正体现了对个体的尊重。随着人民生活水平的逐步提高，爱书人的一大"心病"就是书多，家里搁不下，扔掉舍不得，藏书楼为爱书人提供了一个平台，市民可以将自家有价值的图书免费托管至藏书楼供他人阅读。捐书人可以通过捐赠、托管和合作三种方式申请入藏图书，藏书楼经筛选把关确定入藏图书名录，然后以独特书籍分类方式和屏幕滚动展示的形式，向借书人隆重介绍捐赠者的情况，也向捐赠者表达着感谢和尊敬。读者在不同捐赠人捐赠的读书区阅读，与捐赠人阅读同一本书，不同时空的捐书人与阅读者惺惺相惜，两颗心在无形之中握手拥抱。

二层北侧，有几间锁着的房间，门牌上写着口述录音室，透过透明玻璃看见房间中配备高大上的录音、录像设备，隔音板等。听说口述录音室即将开放给个人使用，满足普通人口述录制的需要。我很期待带着家里老人来体验这项功能。每个老人都有一肚子故事，他们见证了有着毛茸茸细节的真实历史。大多数老人可以随心所欲地讲述过往，却不能系统有逻辑地将经历书写留存。伴随一代代老人离世，很多历史的细节随之消失。比如八九十岁的抗战老兵的口述历史，他们说的每句话都可能是重大事件的关键线索或补充。同理，对一个家庭来说，家族史同样重要，也同样会随着人的消失而消逝。用录音的形式保存口述历史，能够为未来留存宝贵的研究资料。在时代发展新阶段，口述录音室满足了人们精神层面的切实需求。

红楼公共藏书楼的入口，摆放着一块广告牌，介绍着藏书楼的核心理念：众藏、共阅、分享。"众藏"就是藏书来源于社会公众捐赠；"共阅"就是指无门槛阅读，面向社会开放；"分享"就是图书的藏家、作者通过强烈的个性引导，和读者分享自己的阅读书目、提供与众不同的阅读体验。从"书"到"人"的过渡，让人与书融合在一起，让求知与悦赏融合在一起，让博爱与自爱融合在一起，无不体现着他们的价值理念。好的公共建筑本身就是审美教育的一部分，具有塑造城市文化的功能，特别是开放的公共图书馆，对人美育的熏陶和文化的推广具有潜移默化的作用。

我很喜欢一句话：幸福就是把时间浪费在美好的事情上。这个世界上美好的事情有很多很多，读书是重要的一项。家是爱的港湾，书是人类灵魂栖息的港湾。

由于家住延庆，到西城区的红楼公共藏书楼并不方便，我每次在藏书楼都只能待上很短的时间，所以每次我更关注的反而不是手中的书，而是身边的人。

人们沉浸在书籍的海洋里。白发的老者，拎着买菜的布袋，端坐在长条桌前；年轻的妈妈，衣着简朴，容貌普通，牵着稚子，表情和微笑却展示着优雅；我看见刚刚学会走路的孩子，趴在阶梯座椅上翻看图画书，捂着嘴提醒自己不敢高声说话，轻悄悄来回往返……

二〇一九年四月，巴黎圣母院的大火让整个朋友圈都在祈祷。浴火，一座建筑损毁，雨果的名著依旧耀目。物质终会被岁月侵蚀，会因天灾人祸而消逝，精神却可以不朽，思想可以万古流芳。书籍，正是精神的载体，思想的根基。我告诉自己不要再去追求物质的富足，即使拥有再多的物质，心灵依然会觉得空虚和不满足；我们去追求精神的充盈，唯有灵魂得到滋养，生命才能真正实现价值。

红楼公共藏书楼对面，穿过马路，就是古香古色的"正阳书局"，院里有万松老人塔；电视里播放最火爆电视节目，是《诗词大会》《朗读者》，外卖小哥雷海为站上冠军席；外出旅游必须打卡的地点，是网红书店，是名人故居……经济的发展，时代的进步，让人们对美好生活的向往不仅停留在物质的领域，更对文化、精神需求有着更高要求。马斯洛需求层次理论指出，五种人类需求中，人的最高需求是自我实现需求。自我实现，首先就要自我提升，自我提升的基础就是不断学习。

我再次感慨，真的希望在我的家乡，能够建起一座更好的公共阅读场所，建起一座刷屏朋友圈的网红图书馆，让远道来宾打卡晒照片，让我和我的朋友们可以有充足的时间泡在里面，安静地读书。

　　莎士比亚说："生活里没有书籍，就好像没有阳光；智慧里没有书籍，就好像鸟儿没有翅膀。"无论在世界的哪个角落，无论是年老还是年轻、贫穷还是富裕、疾病还是健康，书都一视同仁地给予我们知识和快乐。读书的关键是书，无所谓具体在哪里，我们可以在图书馆座椅上，可以在街心公园的长凳上，也可以在家中的书房、客厅、卧室……打开一本书，乘上一艘船，自己掌舵起航，驶向更广阔的美好生活空间。

纸短情长二十年

二○二○年五月，闺女兴冲冲地从延庆报社领回我们母女俩的稿费，她眉飞色舞地打电话向爷爷奶奶、姥姥姥爷报喜。一百多元的稿费，孩子激动了很久。

现在的孩子生活在物质极富足的时代，从小就不缺钱花：压岁钱以自己的名字存进银行，衣服鞋子、学习用品、水果零食全部由家长备好，每月定量取得的零花钱变成一个数字上的概念。一百多元对他们来说是个不大不小的数目。不过这笔钱对闺女来说却意义非凡，因为这是她通过自己实实在在的纸笔耕耘挣来的酬劳。在延庆区组织的"我和我的祖国"主题征文中，我和闺女同时获奖，作品先后被《延庆报》选登，她的文章在我的文章之前刊登，这让她很是得意。

"妈妈，你的稿费给我留下吧？"

"当然不行。"

"就二百多，你不留给我买件防晒衣？"

"零头都不给你，如果你把跟我聊的那篇构思变成文章，没准儿就是你的稿费比我的多。"

　　我哼着不成调的音节继续做饭，兴致勃勃的孩子须臾间郁郁寡欢，微信全额转账给我后，默默回到电脑前。

　　我知道我的稿费比她多，这让她很不舒服。和身边的人比较胜负得失，具有更强的挫败感。遥远的歌声缥缈而圆润，音乐课上的练唱才能听出不和谐的跑调与丢音。五音不全的那个同桌因为踏实训练而登上舞台，她却不得不坐在台下边鼓掌边懊恼自己的偷懒。

　　她飞快敲打键盘的模样，恍惚中变成了年轻时的自己。流转的年华飞快地倒回从前，我第一次拿到十元钱的稿费，也是来自《延庆报》，从此仿佛打开了新世界，我像孩子一样兴奋地迎接未来。二〇〇〇年，《延庆报》刚刚创刊，每周一发刊，每刊只有四个版面。那时候刚二十岁的我才离开象牙塔的校园，在工作岗位上感到陌生又新奇，仿佛初生的《延庆报》，满目都是蓬勃的生机和希望。我以为四年的财会专业教育，早已将我的大脑重组成算盘珠子的形状，从来没有觉得在键盘上敲打数字的双手还可以写稿子。我只是在工作之余，随手将生活中的感触记录下来，投稿给局办公室的团刊，文字潦草而青涩。办公室的小陈工作尽责为人热心，将我们这些青年报送的文章择优投稿给《延庆报》等各报刊副刊。负责副刊的编辑和我素不相识，却以电话线为讲台，指导我修改润色稿件。稚嫩的心情小记被印刷成铅字，激励着我在以后的岁月里不懈地用文字记录生活。

　　一篇篇文字帮助我收集起走过的岁月，不让回忆随风消散。正是一次次偶然的机缘，促使我养成了写作的习惯，一个个或熟悉或陌生的朋友，帮助我在生命的菜园里开辟出一片播种花朵种子的沃土，让柴米油盐酱醋茶的生活中添加了琴棋书画诗酒花。更没有想到的是，写作不仅让我找到了精神的乐土，更在工作中将我往更高的平台推送了一把。单位岗位竞争，平平无奇的我，因写作而加分。所有的汗水都会浇灌出花朵，只不过有的花朵绽放在自己都觉得惊奇的地点和时刻。

弹指韶华，十年浮云若梦。忘记自何日起，放下了属于自己的热爱，我把自己迷失在琐碎生活的迷宫里，以朝圣者般的虔诚，把自己铺成孩子成长的路基。仿佛身为母亲，唯有牺牲自己的时间和兴趣，才能够把所有幸运的筹码转移到孩子的未来——也许这不过是以爱为名的借口。

见证着孩子成长的过程中，我却日渐惶恐。随着孩子步入高年级，忽然发现止步不前的自己，不再能够给予她必需的帮助，我逐渐跟不上孩子奔跑着向前的脚步。孩子眼界日益开阔，讨论内容的广度和深度让我心生焦虑。孩子阅读量不够的劣势凸显，直接影响审题能力和作文成绩。我从来没有想到，一个从小话痨的孩子，使用母语的能力会在长大后成为学习的短板。多方咨询老师朋友寻找解决的办法，大家的回答出奇地一致：让孩子多读文学经典，自己做孩子的榜样。蓦然发现我对自己的放弃，并没有变成她青春背囊里的给养，反而横成她脚下的障碍。我把自己放低到满足孩子物质需求的层面，却忽略了她更需要精神上的喂养。

阅读新订阅的《北京文学》，发现好朋友的名字赫然印在纸上，以另一种方式与老友重聚，如同突然点亮了一盏灯。我偷偷鼓励自己："要尽快重新拿起笔来。"

王小波说："一个人只拥有此生此世是不够的，他还应该拥有诗意的世界。"合抱之木，生于毫末；九层之台，起于垒土。建起诗意的世界，要从现实的土地出发。我重新拿出书报、拿起纸笔，陪孩子一起阅读、一起写作。在阅读中交流各自的见解，培养她思考的能力；在写作中进行精神的探索，锻炼她文字的运用。我们一起投稿，不被采用没有关系，我愿意陪着孩子一起失败，接受挫折教育；作品被刊登，就一起庆祝，在被肯定中养成乐观自信的品格。

也许最好的爱，从来不是单方面的牺牲，自己趴在窝里鞭策幼鸟飞翔，会把自己变成孩子肩头沉重的负担。最好的爱，是有勇气与她一起成长，一起努力成为更好的彼此，骄傲于自己也会发出耀眼的光芒，在更高的楼层推开窗，看见更缤纷的世界。

"妈妈，我刚刚向《初中生》投稿了，你这个月一篇还没写哦。"我的思绪被突然传来的清脆声音打断。

"月底之前我肯定完成一篇，放心吧，不比你差。"

做自己的法里亚

　　为了带领孩子们多读书、读好书，我和好朋友们组织了亲子读书会。我们放下家长的身份，与孩子们阅读同一本书，讨论各自的读书体会。读书分享会上，三个孩子在读书笔记中，都记下了这七个字："宽恕、等待和希望"。

　　我心中的巨石一下子落了地，感觉万分踏实。

　　这一期读的是《基督山伯爵》，这本书的核心思想就是"等待和希望"，而且明确地在结尾处进行点题。简简单单的道理为什么还会给我带来如此大的震动？

　　我也是在他们这样的年龄——躁动的青春期，翻开《基督山伯爵》，奇幻的构思、离奇的情节、复仇的主题，让我读得酣畅淋漓，读罢拍手称快。

　　第一次读《基督山伯爵》，我是当成武侠小说来读的。当时我在农村读书，学校连一间对学生开放的图书室都没有，孩子们从小商店租借课外书，题材以言情、武侠小说为主。偶然得到的《基督山伯爵》，是我读的第一本经典文学。

　　第一次读这本书，我却并没有看见关键的五个字"等待和希望"，我看见的是异域的武侠世界。青春懵懂的我曾经超级迷恋侠客的世界，那是多么大快人心的阅读体验：受尽欺凌的小人物，跌落人生的谷底，机缘凑巧，学得绝世武功，拥有超能力，然后纵横江湖，快意恩仇，除暴安良，赢得绝对的权力和完美的爱情。基督山伯爵是我心目中的另一类侠客，他的武器是金钱，除此之外与中国侠客并无区别。沉浸在武侠世界，生活显得过于平淡无奇，我不喜欢学习好乖巧的孩子，偷偷对号武林排序为同学取外号，校园里桀骜不驯的男孩才是我想象中的英雄，那样的男孩就是书中潇洒浪荡的主角，打架代表勇气，逃课等同不畏强权，身后随时有一帮小弟象征着江湖地位。直到后来这个男生"大哥"，因为带领小兄弟打群架受到处分，初中没有毕业被迫退学，我心目中的武侠世界才与现实生活彻底切割。

曾经我和一个被孤立的姑娘谈论《基督山伯爵》，我建议她坚持多读书充实自己，相信爱，相信未来，相信等待和希望。她却对我说："那是一本暗黑教科书，教人怎样复仇。如果我也遇到法里亚神甫，得到宝藏，我一样能让坏人受到惩罚。"我很震惊，回忆青春，又很快释然。是啊，当我们弱小无助，当我们年少气盛，渴望的就是瞬间翻身为王。我们没有耐心经历长时间努力与隐忍的磨砺。

当年我是在第二遍读这本书的时候，才读懂"等待和希望"。

初二上半年，我很喜欢的英语老师调走，代课老师发音不准，我因内心抵触，选择了上课睡觉，其结果可想而知，期末英语成绩一塌糊涂。我当时在乡村学校读书，跌出年级前十名意味着考不上高中或中专。随便混个学历吗？又不甘心。这让我很郁闷。擦干泪，抬起头，我看见了书桌上的《基督山伯爵》。我试图通过读书调节情绪，却逐渐沉浸在书中。第二遍读这本书，快速跳过复仇的情节，我看见了法里亚神甫在教授唐泰斯知识和爱，那些知识是他以后复仇的武器，而爱和悲悯成为他选择宽恕和重新生活的根基。我听见了唐泰斯在信中说出："人类的全部智慧就包括在这两个词内——'等待'和'希望'。"这是对自己的肯定，对所有美好感情的肯定，更是对未来的无限期许。唐泰斯在狱中坚持了十四年，终于重获自由，完成复仇，寻找到幸福。我才十四岁，我的未来应该也是充满希望的吧。我默默告诉自己从哪里跌倒就从哪里爬起来，等待并创造未来。

机缘巧合，我遇见了我的法里亚长老。妈妈单位的同事陈叔叔，曾经当过老师，有次他到我家来玩，我们谈论课外书的读后感想，他又看了我的摘抄本和成绩单。临走时，他对妈妈说："孩子成绩在缸沿儿上，需要更好的教育资源。让孩子到城里去读书吧。"妈妈费尽周折为我办理转学手续，转入县城最好的中学读初三。初三那一年，我平时住校，周末借宿在亲戚家。新班级的班主任是教英语的穆老师，每天下课义务为我补习半小时英语。亲戚为我变着花样做饭，补充营养，腾出专门的房间，让我安静学习。经过一年的沉淀与昏天黑地的拼搏，我以高分考入行业委培学校，毕业后顺利到一个很好的单位工作。一个偶然，扭转了我命运的航向。

我们的生活中没有传奇，却并不缺少爱和希望。现在想来，陈叔叔、亲戚、穆老师以及我的妈妈，难道不是我初中阶段的法里亚长老吗?! 他们没有法力，却以接力的方式，帮我插上一根根羽毛，托起我飞翔的梦。

《基督山伯爵》教给我储备知识，相信爱和希望，让我在工作中继续受益。工作后我并没有放弃学习，单位图书馆里经典名著、业务书籍、心理学、育儿书籍应有尽有，让我畅游在知识的海洋。单位竞争选拔，由于准备充分，笔试和面试我都取得较好成绩。

我的孩子也进入初中阶段，为了督促孩子读书，更为了引导孩子读好书，读懂好书，通过读书形成正确的三观，我找到她的法里亚长老——博学多才的作家朋友。我们商量成立读书会，朋友负责选书、确定读书要求、强调注意事项及判作业；我愿意重新当学生，陪孩子们一起阅读经典，跟他们一样记笔记、写读书心得。

朋友说："对于小学高年级和初中学生，作品选择应兼顾经典性与可读性，这样他们才会爱读，读而后思才能通透。"我希望通过共读，及时纠正孩子因关注点偏颇和理解力不够对书籍产生的误读。我为孩子买了一套纸质书，确保她有更好的阅读体验；我自己购买了电子书，便于随身携带。我们先读了《平凡的世界》《哈利·波特》。当确定新的阅读书目为通俗小说的典范《基督山伯爵》时，我有些迟疑。我担心孩子陷入书中酣畅淋漓的复仇情绪。直到大家按照规定时间上交读书笔记，在分享会上逐个发言谈体会，我确定他们读懂了书中的忏悔与救赎，我的一颗心才踏实地落回肚子里。朋友随后耐心地讲解了这本书的创作背景、写作技巧、被孩子们忽视的细节，并且下载了根据原著改编的电影，分析改编的优劣之处与缘由。我和孩子们都觉得受益匪浅。

我撺掇成立读书会、当陪读，还有自己的私心：提升自己的文学素养。

从小长辈们夸我爱读书。他们只见到我一路采集书中的珍宝，却不知我花费了最好的时光不断扩充的宝库中，既有金珠银珠，也有铜珠铁珠，更有小泥丸，唯独没有收藏那条穿珠的线，导致很多读过的书都在时光的磨损中丢掉。

少年时的农村，我们能够接触的书籍很少，我读的书很杂，完全不成体系。我读的书包括柜顶上落满尘土的评书《伍子胥》、小姐妹的《一百个的公主故事》、姑姑的《知音》《故事会》、小商店租借的武侠和言情小说等。家里经济条件好转后，妈妈见书就买，各种新书堆满书架，我才明白原来知识匮乏这个痛点，并非我一人独有。但是妈妈囿于自己的层面，买书却不会分辨书，想让我们读书却不知如何指导我们读书，更不懂得如何给我们一条穿珠的线，我家的书架上既有精装版，也有盗版书，既有《红楼梦》，也有《成功学》，有一本《三仲马传》，却没有《三剑客》《茶花女》以及《基督山伯爵》……

时代发展，物质生活富裕后，人们自然开始关注心灵。如今网上有丰富的学习资源，书店、图书馆里有琳琅满目的图书。我们可以在不同年龄重新起步。于是我悄悄给自己的等待一个希望：文学之梦。

　　我开始通过读书与写作为青春补课。但是，对于三四十岁的女性来说，读书与写作如果当作休闲娱乐是件轻松愉快的事，如果当成梦想，是一段艰辛的旅程。读书多不一定能够掌握书写的诀窍，书中的好有时读不出，书中的写作技巧常常学不到，自己提笔习作立即被打回稚拙的原形。我于是沉下心来，陪着孩子共读经典，从基础读，更从基础学，听共读老师讲，更上网搜索专家的分析论文，以期找到一条系统的线，将过去积攒的珍珠穿成精致的项链。我要做自己的法里亚，利用丰富的学习资源储备知识、充盈思想，不辜负自己的"等待和希望"。

后 记

　　我对文学的认识，从懵懂到敬畏，经历了漫长的二十年。

　　记得自己的文字，第一次出现在报纸上，我正好二十岁。我不知那是否可以称为写作，彼时我只想记录人心暖意和世间烟火。起初，我的写作停留在日记纸上，那是基于本能的倾诉和流露。文字之于我，是自由的港湾，借此停留生活的快乐、宣泄内心的愤怒、表达自我的观点。不知不觉间，文字成为我最好的伙伴，在孤独时陪伴我，在失落时温暖我，在幸福时拥抱我。文字化入生命，流淌进血液。文学变成一束光，照亮了我模糊的梦想。

　　我向着那束光跋涉。是的，跋涉。现实与梦想之间是遥远的距离，想要开辟两者之间的航程，需要艰苦地探索。我的文字不再满足于记录，进而追求观察并寻觅、回忆并质疑，在不断质问、否定自己的过程中，层层揭开表象，抵达真实。书写过程是深思熟虑后的痛苦，千锤百炼的修改更是一种砥砺，打磨的其实远非文字，更是我的思想。逐梦文学二十年，让我认真对待写下的每一篇文字，不再如初始时那般随心所欲。文字让我敬畏，文学让我敬畏，文学这束光，照亮了我抵达更深层自我的密林小径。

回望过往，我最清晰的记忆是纯真的孩提年代、无忧无虑的少年时代。自小生活在农村，童年、少年的日子清贫简单快乐，甫一出生便和改革开放逐浪同行，及至完成学业，步入工作岗位，我开始在城市感受时代的变迁。这是我的成长轨迹，也是我们这代人的成长轨迹。我和我的同龄人，乘上经济发展的高铁，从田园牧歌的农耕时代跨越到资讯爆炸的信息时代，亲身感受着生活日新月异的变化。成长伴随着失去，很多朋友奔赴不同远方，无数日子丢失在过往岁月。随着年龄增长，曾经珍惜珍爱珍藏的那些人和故事，一不留心就变成褪色的老照片。当相纸酥脆泛黄，银盐介质开始模糊，沧桑边缘开始碎去，宛若一首抚慰过童年的歌谣，纵然曾经刻骨铭心，也会在转瞬间，化作时光长河上的粼粼波光。我越长大便越害怕遗忘，于是我选择了记录。我相信，我们的童谣年代值得被书写。

美国女诗人艾米莉·狄金森在诗中说："假如我没有见过太阳，我也许能够忍受黑暗。"我将真诚装进行囊，义无反顾踏上文学这条路，一路行来，追逐阳光，对峙绝望。此刻，当我捡拾路上的断简残篇，汇集为这本小书，我迫不及待地想将它们呈现给读者评判。我愿意告诉所有人，文学是太阳，将继续照耀我今后的旅程。

光在，路在，我在。我将继续奔赴梦想。